KB118525

누가 지금 내 생각을 하는가
이윤설 시집

문학동네시인선 163 이윤설
누가 지금 내 생각을 하는가

시인의 말*

축 생일
—크리스마스 예수님과 복숭이 오신 날

예수님이 오신 것이 안 오신 것보다 낫다.
부처님이 오신 것이 안 오신 것보다 낫고
복숭이가 온 것이 안 온 것보다 낫고
내가 온 것이 안 온 것보다 낫다.
인간으로 살아봤고 꿈을 가져봤고 짝도 만나봤고
죽어서 먼지가 될지 귀신이 될지 우주의 은하수가 될지
알 수 없지만
온 것이 안 온 것보다 낫다.
허나 다시 오고 싶지는 않다.

2019년 12월 25일
이윤설

* 2020년 늦여름, 병세가 악화되어가는 와중에 혹여 시집 마무리를
못하게 되면 이 글로 시인의 말을 대신해달라는 시인의 요청이 있
었기에 이를 여기 그대로 담는다.

차례

3부 어찌하여 서운하지는 않고

1부
슬프면 비린 게 먹고 싶어져요

나무를 맛있게 먹는 풀코스법

비린 게 무지하게 먹고팠을 뿐이어요
슬펐거든요 울면서 마른나무 잎을 따먹었죠 전어튀김처럼 파삭 부서졌죠
사실 나무를 통째 먹기엔 제 입 턱없이 조그마했지만요
앉은 자리에서 나무 한 그루 깨끗이 아작냈죠
멀리 뻗은 연한 가지는 똑똑 어금니로 끊어 먹고
잎사귀에 몸 말고 잠든 매미 껍질도 이빨 새에 으깨어졌죠
뿌리째 씹는 순서 앞에서
새알이 터졌나? 머리 위에서 새들이 빙빙 돌면서 쩍쩍거렸어요
한입에 넣기에 좀 곤란했지만요
닭다리를 생각하면 돼요 양손에 쥐고 좌ー악 찢는 거죠
뿌리라는 것들은 닭발 같아서 뼈째 씹어야 해요 오도독 오도독 물렁뼈처럼
씹을수록 맛이 나죠 전 단지 살아 있는 세계로 들어가고팠을 뿐이었어요
나무 한 그루 다 먹을 줄, 미처 몰랐다구요
당신은 떠났고 울면서 나무를 씹어 삼키었죠
섬세한 잎맥만 남기고 갉작이는 애벌레처럼
바람을 햇빛을 흙의 습윤을 잘 발라 먹었어요 나무의 살집은
아주 통통하게 살이 올라 있었죠 푸른 생선처럼 날것의 비린 나무냄새

살아 있는 활어의 저 노호하는 나무 비늘들

두 손에 흠뻑 적신 나무즙으로 저는 여름내 우는 매미의
눈이 되었어요

슬프면 비린 게 먹고 싶어져요

아이 살처럼 몰캉한 나무 뜯어먹으러 저 숲으로 가요

굴뚝청소부 소녀

　창틈에서 울고 있는 저 바람은 왜 저렇게 울면서까지 들어오려 하는 거니 굴뚝청소부 소녀야

　굴뚝에는 불이 꺼지고 울적한 재가 꽃피어나지, 자 이제 너의 정원이야 어서 달려가렴 꽃들은 양들처럼 북실북실 살쪄 순하게 모여 있고 햇빛이 끌고 다니는 레이스가 하늘거려 너는 순결한 리본 원피스를 입은 아이니까 누구나 네 사랑을 받으려 허리를 숙이고 분홍빛 입술에 입맞추고 싶어하지 널 속인다고 생각하니? 의심 속에서도 비밀은 꽃피지 그래 맞아, 이제 너는 비밀 하나를 가지게 된 거야 그늘이 네 조그만 발자국을 사푼사푼 피하고 너는 막대사탕을 입에 물고 빙글빙글 접시치마를 돌려도 아무도 접시를 깨뜨리지 않아 정원의 주인 아가씨 웃어봐 누구나 너의 이름을 부르면 맑은 물방울이 닿은 듯 까르르까르르 흔들리잖아 기쁨으로 발그레해진 네 뺨에 얼굴을 부비면 흰 꽃가루가 묻어나 나비가 이 정원의 향기를 증명하는 피리를 불지 높은 도와 낮은 도가 같은 이름이란 걸 너는 믿어야 돼 입술을 동그랗게 오므리고 구멍 하나만큼 허공에 숨을 불어넣으면 네 가슴을 빠져나온 어둠만이 음의 높이로 치솟을 거야 고동치는 불의 심장이 타버리고 남은 이 재에 꿀벌 같은 입맞춤을 보내줘 굴뚝 속으로 너는 두레박처럼 내려뜨려졌어도 파수꾼이 활짝 하품을 해도 너는 비밀의 정원의 문을 여는 거야 맛난 배부름이 너의 눈꼬리에 눈물구슬을 와르르 쏟게 할 거야 강

보에 쌓여 네가 신의 진주알로 이 땅에 내려뜨려졌던 그때 ‾
처럼 말야 매춘부와 도박꾼 사이에서 흰구름같이 뭉클하게
태어난 너는 굴뚝청소부 소녀야

성난 여자

시장 다녀오는 길에 골목 끝에서부터
몰아치는 악다구니 여자 목소리
하늘 높이 치솟아 욕을 해대는데
여자를 찾을 수 없다 모자가 벗겨지듯 지붕이 날아가고
간판이 데굴데굴 굴러 전봇대를 들이받는다
양은 대야가 챙챙 울부짖다가
훌쩍 허공으로 날아갔다
비눗물이 뿌려져 비눗방울들이 깜짝 놀라 눈을 떴다 질
끈 감는데
저 복장 터지는 목소리의
첩첩 광활은 어디 있나
까마득히 먼 북쪽 우랄알타이산맥을 넘어
출렁이는 젖을 물린 채 사납게 먹이를 낚아채 깔깔거리며
지평선을 달리던 초원의 여자는
고려청자도 이조백자도 들까부수는
저 암팡진 본데없는 여자는 어디 있는가 사내들 두리번
거리고
온 천지를 치대는 저 성난 여자
한 번도 문 밖으로 떠나보지 못했던 것들만
골목을 꺼들어 떠내려가는데
얼굴 없는 낯을 붉히는 저 여자
성난 소리만 잔뜩 쏟아놓고 어디에 꽃같이 숨었나
울끈불끈 불을 뿜는 붉게 물든 목소리의 골목을 보여다오

장쾌도 우렁찬 그 목소리의 고향을 보여다오
구경꾼들 성나기 전에
힘껏 걷어차 성나듯 나와봐라

예약된 마지막 환자

나의 병은 주치의의 주특기, 삼십 년째 이 원인 모를 난
치병을
연구했고 당연히 국내 유일한 권위자로 성장했다
그에게 나는 오늘 혼이 났다
먹어서는 안 될 사슴뿔 고아 짠 용을
남몰래 복용했기에
그의 예단대로 통증은 격심했고
불면은 깨진 유리처럼 저항력을 손상시켰다
두 손을 모아쥐고 머리를 조아리며
의사의 말을 따르지 않는 환자는 치료할 수 없다는 극단
의 처방을
거두시기를 앙망하느라
내 눈자위가 떨잠처럼 으달달 떨렸다

차트를 갈겨쓰는
창백한 흰 가운의 그는
환자를 정면으로 쳐다보는 법이 없다
나는 소독된 햇빛이 비치는 책상 위
모형 범선을 보고 있었다
펜을 멈추지 않은 채 그는 말했다
제 의료 인생은 선원들과 함께한
험난한 항해와도 같았죠 닻을 내리기 전까지
무엇보다 선원들과 싸워야 합니다

휘날리는 필기가 끝나고 마침내 새 처방이 나왔다
여명시에 깨어나 땀에 흠뻑 젖도록 일하고
일몰시에는 가족과 함께 영양이 풍부한 저녁식사를 한 뒤
시를 읽다가 잠들어야 합니다

그건 좀 어려워요 직업이나 식사 무엇 하나
규칙적이긴 힘든데다 고독한 처지예요
더구나 시는 읽을 줄 몰라요

건강을 돌보라는
간단한 충고조차 들으려 하지 않는군
그는 깨진 유리처럼 인상을 쓰고
잠시 관자놀이를 짚었다
간호사가 황급히 물잔과 알약을 대령하자
약을 털어 삼키는 동안
시꺼멓게 반달진 그의 눈 밑이 엿보였다

자가면역질환은 우리 몸이 자신의 세포를 적으로
오인하고 스스로를 공격하여 생기는 통증이지요
나는 환자들을 내 몸처럼 여겨요 그런데 왜!
처음으로 마주친 그의 눈동자가 으달달 떨며
폭죽처럼 실핏줄이 터졌다

선생님, 통증이 심하신가요?
그는 두 손을 모아쥐고 간절히 고개를 끄덕였다
사슴뿔 고아 짠 용을 복용하셨나요?
그는 그건 이미 십 년 전 일이라고 못박았다
나는, 여명시에 깨어나 땀에 흠뻑 젖도록 일하고
일몰시에는 가족과 함께 영양이 풍부한 저녁식사를 한 뒤
시를 읽다가 잠들어야 한다고 처방했다

그는 직업상 쉬운 일이 아니라고 항변했다
나는 내 말을 믿지 않는 환자는 진찰할 수 없다고 소리
쳤다
그는 고개를 떨구었고
나는 간호사에게 외쳤다
다음 환자!
그는 흰 가운에 청진기를 건 채 훌쩍이며 문을 열고 나
갔다
간호사는 그가 예약된 마지막 환자였다고 말했다

상속

낯선 여관방 딱딱한 침대를 열고 아빠를 묻었다 벽등에서
붉은 빛이 비져나와 아빠 피 흘리지 마세요 아빠는 염도 안
해 뜯어진 봉제 인형 같았다 나는 뚜껑이 못을 삼킬 때마다
십자가로 땅땅 박혀갔다 왜 내가 벌서야 하는 거죠 죽는다
고 무서워할까봐 천만에 눈물이 방을 넘쳐흘렀다 침대가 기
우뚱 떠올랐다 아빠 죽지 마 내가 발버둥치자 손바닥과 발
등에서 못이 튀었다 아빠는 세상에 없다 어떻게 아빠가 없
을 수 있지 침대가 바닥으로 꺼져갔다 아빠 아빠 아빠는 서
류가방 속의 셔츠처럼 접혀 땅속으로 땅속으로

여관방 문을 벌컥 열고
우체부가 들어오고
나는 누운 채 떨리는 심장을 받았다
그것을 손에 쥐고 바닥에 통통 튕겨보며
아픈 날들을 이렇게 꺼내어 유쾌한 놀이라도 했으면
좋겠다고 웃어주었다
나는 우체부가 다녀간 지점에서
뚝 끊어졌다 차르르 그의 자전거 바퀴소리에 이어졌다

프랑스풍 남과 여

남과 여가 부두에 도착했을 땐 거대한 먹구름이 유곽 모서리를 씹고 있었다 부두에 발이 묶인 수부들은 꺼멓게 녹슬어 있었고 배들은 전파처럼 지지직거리고 거리는 솜을 넣어 누벼 뜨문뜨문 추워 보였다 이곳은 오래전부터 아무도 찾지 않소, 밸을 갈라 앞뒤가 좌우로 바뀐 생선 껍질이 선원 구함 벽보와 함께 바람에 펄럭거렸다 사상도 없이 낭만만으로 트로트 메들리를 틀며 그곳까지 갔던 남과 여는 시뻘건 흙탕물이 툼벙대는 부둣가를 걸었다 센치한 포즈로 스카프를 휘날리는 여의 배경으로 먹구름의 거대한 지느러미가 몰려오자, 버클이 빛나는 바지를 입은 남은 소리쳤다 위험하오! 여는 느린 속도로 천천히 고개를 꺾으며, 괜찮아요 버려진 건 안전한 거예요, 밸이 갈리듯 여는 품을 활짝 열어 남자를 안아주었다 뼈만 남은 유곽 창틀이 먹구름의 입속으로 삐걱삐걱 질게 씹히는 동안 부두가 왈칵 흙탕물을 토했다 바닷물 수위가 점점 올라와요, 여가 남의 등뒤로 숨었고 남은 발을 굴러 바짓가랑이를 털어내느라 여의 목소리가 밟히는 걸 몰랐다 이따위 스카프는 흔해빠진 것이고 빛나는 버클은 싸구려였던 걸 알았으면서 우린 이제 어떻게 하지? 부두 위로 시뻘건 바닷물이 남과 여를 한 입에 덥석 집어삼키었다 남과 여는 두 팔을 허우적거려보았지만 버려진 것은 아무도 구하러 오지 않았다 남의 눈꺼풀에 비늘이 덮이고 여의 귀가 아가미로 벌름 벌려, 어떻게든 살아야 하는 거 아니겠어요? 남이 어설프게 꼬리를 흔들며 버려진 수부 사이를 빠져

나갔다 여는 아가미로 물방울을 퐁퐁 뿜으며 물속이 이렇게
따뜻한 줄은 몰랐군요 남을 따라 허둥지둥 헤엄치기 시작했
다 그 순간 거대한 먹구름의 지느러미가 남과 여를 향해 시
시각각 달려들었고 어느 순간 꿀꺽, 영화는 끊겼다

　오랜 뒤, 남과 여는 그때가 좋았다고 남서풍이 부는 창가
에 기대어 서로를 회상했다 그 모든 것은 부두를 어슬렁거
리는 거대한 먹구름만이 아는 일이었다고 연애는 계속됐다

우리는 죽어요 곧

불면이 새하얗다는 거, 당신들이 더 잘 아는 거짓말
나날이 갚아야 할 빚처럼 주렁주렁
밤은 빨갛고 잠은 못을 물고 망치를 든 채
어디야 어디에 박아줄까
대가리만 치면 돼, 못이 파고든 자리만큼 별이 튕겨나오
는 벽도
하나의 은하계 지금 보는 별은 이미 사라진 벽의 입자
눈높이가 좋겠어요 고개가 아프면 안 될 만큼
시선을 벗어둘 만큼
쓸모 있는 높이, 나를 걸고 싶어지는 높이, 걸면 당신들
의 혀가 빼물리는
높이, 누군가 발견하기를 원하여
하필 집의 벽, 의자를 놓고 뚱땅땅땅 별 튀기는 자리를 쳐
다보지
오늘만 살도록 하자 오늘만
잠들지 않으니 매일 똑같이 오늘
그럼 이런 주문은 어때, 술 취해 터진 보도블록을
오버로크로 박아 걷는 아저씨, 우리는 죽어요 곧
나는 아물린 보도블록을 찢어 벌려, 나도 죽고요 곧, 아저
씨도 죽고요 곧
그런데도 우리는 왜 취해서 걷는 거죠, 그새를 못 참아
죽음에 가까워져보는
목을 동여맨 번지점프의 스릴

눈을 조금만 더 들어올리면 어떻게 될까요
다 죽어요 아프지 않고도 죽어요 그새를 못 참았다고
말하지 마세요 당신들의 멱살을 진자처럼 흔들고 싶은
밤은
질질질 브레이크를 밟아도 얼마쯤은 끌려가는 밤은
새하얗다고 말하지 마세요, 내가 피 날 때
웃고 있는 당신들 생각하면
그새를 못 참게
한결 가까워진 못
모가지를 양복 윗도리처럼 걸고
난 스스스 뱀으로 빠져나오는 거예요
갈라진 혀도 날름날름
데굴데굴 새빨간
밤은 달아나고 독도 없이 뱀 주제에 나는 쫓아가고
잠은 못을 입에 물고 나는 망치를 들고
우리는 죽어요 곧

작은 사람들

저렇게 작은 사람들이
기다란 나무막대기로 벽을 긁으며
걸어가는 밤
짤막짤막한 세 작은 사람들의 그림자를 따라가다
문득 돌아보는 한 작은 사람의
나보다 긴 그림자
왜 자꾸 따라와요?
한 작은 사람이 내달리고
두 작은 사람이 한 작은 사람을 앞지르고
기다란 나무막대기를 잡으려 내가 달려가고
사라진 세 작은 사람
돌아보면 울고 있는 내 그림자 뒤로
기다랗게 멈춘 세 작은 사람
왜 자꾸 따라오냐니까요?
신기해 어쩌면 그렇게 작을 수가 있니?
우린 이학년이니까요, 그게 뭐가 신기해요
문득 걷기 시작하는 세 작은 사람
높은 축대 위를 두 팔로 균형잡으며
따라올 테면 와봐요 잎싹같이 불쑥 내민 혀
이렇게 커졌는데 나는 왜 저 위로 오르지 못하는 걸까
세 작은 사람 어두운 축대 위에서
나뭇잎처럼 팔랑 뛰어내려 바람에 쓸려간다
아줌마는 왜 밤마다 우릴 따라와요?

기다란 나무막대기에게로 손을 뻗으며 달려가도 달려가도 ⎯
밤이 너무 길어 좁혀지지 않는 세 작은 사람
맨발로 돌아와 침대에 누우면
발목이 나오는 나는 너무 커서
온몸을 접어 꾸깃꾸깃 꿈으로 들어간다 쳐도
삐져나온 손가락 발가락을
누가 좀 똑똑 깎아준다면 좋겠어
작은 사람, 그게 내 꿈이었으면 좋겠어
세 작은 사람의 팔짱을 끼고 네 작은 사람의 질주에
내가 일원이었으면
그랬으면 좋겠어

음향효과만으로 된 비

빗소리를 틀어놓고
젖은 하루를 보내는
깜찍한 거짓말을 제가 하고 제가 속아주는
놀이를 해봐봐
빨래도 걷어 마루에 팽개쳐두고
거세어지는 볼륨을 줄이며
날이 좀 개려나, 대사도 읊조리고
아무도 모르잖아
너만 빗속에 갇힌 나날을
거짓말인들 고무줄처럼 내가 걸려 넘어지면
누가 뭐라겠어
비가 와서 밖에 나가지 않고
북적거리는 거리를 피한 척
고립되어봐봐
빗줄기, 소리 오직 소리만의
철창에 갇혀봐
비가 와
아무도 모르게 내 방에만
새빨간 사과 한 알 툭 떨어지는 시간의
과도가 접시에
반짝,
은빛 날끝은 둥글게 처리되어
잔인한 의도를 감추고 있지만

무표정한
소리만의 비
잘 익은 복판을
탁 내려쳐
돌돌돌 소용돌이 모양 깎으며
찍어먹는 거야
맛있는 내용을 제 몫으로 먹어주는 걸
나에게 내가
보여주는 형식
누가 알겠어, 이 맛 이 맹랑한 맛

그 집 앞

그의 무덤은 털모자처럼 따뜻해 보여요
그는 옆으로 누워 책을 뒤적이겠죠
남모르는 창이 있어
그리로 내다보기도 하겠죠 가을 오는 숲이 다람쥐처럼 뛰
어다니는 걸
턱 괴고 바라보겠죠
냄비에 밥도 지어먹고 빨래도 하고 둥근 천장에 닿지 않
도록
고개 숙이고 화장실도 다녀오고 담배도 피울 겁니다
하나도 변함이 없다고 편지도 쓸 겁니다
남모르는 창에도 어둠이 내리고 그는 창가에 앉아 생각
하겠죠
이렇게 변함이 없는 걸 왜 항상 두려워했을까
털모자처럼 귀를 가리는
혼자만의 방을 갖는 것인 걸 왜 그렇게 두려워 울었을까
양치질을 하며 발을 닦고 잠자리에 누울 겁니다
잠자리에 누워 코도 골겠죠 그의 습관이니까요
꿈도 꿀까요 죽는 꿈을 꾸며 가위눌리기도 할까요
그건 물어봐야겠군요
그의 무덤에 등을 대고 누우면
언젠가 그의 집 앞에 앉아 기다리던 때 같아요
만나지 못하고 그냥 돌아온 그날처럼
내가 온 줄 까맣게 모르고

그는 지금 저 안에서 세상모르게 낮잠 자고 있는지도 모
르죠

노래이듯이

어제의 노래를 듣는 밤에는
옆방 벽 저편에 사람이 있어
노래를 수도꼭지처럼 방울방울 떨어지게 하고는
슬픔이 넘치지 않게 그래도 나의 가난은 나의 벽을 가벼
이 넘어
옆방의 사람이 나누게 되리라 미루어 생각하면서도
나는 그가 나의 가족같이 발이 까맣고 종일 햇볕에 몸을
태우며 일해야
밥 한 그릇 먹는 일을 하는 듯 서럽고 가까워서
방울방울 짠 소금이 밴 노래를 듣다가 듣다가
집에 돌아가고 싶으나 갈 곳이 없어진 나의 주소를
편지 겉봉에 적다가, 오랜 날들을 떠나온 것을 생각하면
견딜 수 없는 것들로 견디어가는 저 어제도 참을 수 없
이 그리워
아, 노래는 끝없이 어떤 지점에서는 다시 돌아가지만
나는 이상하게 다른 사람이 되어가고
사랑하는 사람이 있었으나 그 사람이 아닌 곳으로만 길
이 놓여 있고
나는 소리를 줄이며 나를 줄이며
작은 귀뚜라미같이 노래도 아닌 울음도 아닌
부름으로 부름만으로 작게 살아가는데
잠든 옆방의 이는 나만큼 작아져서 너무 착하게 뒤척이
는데

이렇게 노래를 보내는 수도꼭지는 가늘고 뱀처럼 길어서
도착하는 모든 어제의 것들이
방울방울 이 터질 듯이 미칠 듯이 조심스러운 밤이여
나의 너무 멀리 되돌아가는 길이여
노래가 흘러들어와 나는 죽을 듯이

구름의 벗

오래전 내가 작은 사람이었을 적에
새들이 나뭇잎같이 손을 흔들며 날아갈 적에
구름만이 친구라고 불리었을 적에
나는 네가 올 줄은 모르고 하지만 그늘진 뜰의 석양 쪽이
바라봐지고
식구들이 모여 저녁밥을 나누어 먹는 창밖에서
어찌하여 나는 손님이 된 듯 서먹한지
기다리는 것이 있어왔던 것처럼
내게서 떠나간 것이 있어왔던 것처럼
해가 저물어 어떤 집들도 더 깊이 세상의 어둠에 안겨 다
정할 적에도
나는 누구인지도 몰랐을 돌아올 너를 기다리어
단 하나의 집도 갖지 않고
단 하나의 이름도 부르지 않고
바위에 이끼처럼 작은 사람이었을 적에도
저편 어딘가에 나와 똑같고 나와 거꾸로
서성이는 발이 그늘 속을 걸어올 줄 알고
한 생이 홀로 저물어 그것이 헛되이 믿어온 것인 줄 몰랐
을 적에도
그리하여 하나의 집을 가져보지 못한 채
구름만이 친구라고 불러줄 적에
나는 끝끝내 당도하지 않는 너로 인해
너로 인하지 않으면 몰랐을

깊이 바라봐온 세상에 대해 오직 너이기를 원하였으나
그리하여 모든 것이었다는 것을
그때 구름만이 나에게로 와
이 세상의 친구라고
나를 불러줄 것이다

구름의 천렵

여름을 즐기기 위해 남자들은 멀리서 왔다
여자는 혼자 돌아앉아
물밭에 드리워진 한 뼘의 볕에 발을 쬔다
이리저리 조기 굽듯이
쪼그린 몸에 발을 세워 햇빛의 영토에 놓는다
발가락 다섯 개의 뼈가 발등에서 만나
부챗살처럼 좌악 펼치기도 오므리기도 하는
여자의 놀이는
어느 먼 곳에
맨발로 닿으려는 듯

구름이 흘러간다 햇빛에서 여자의 발을 떼어 달아난다
구름에 휩쓸려 둥둥 떠가는 여자의 발을
남자들이 낚아챈다
허공으로 휘어져 날아간
발등이 높고 볼이 좁은 발이
남자들의 웃음소리가
어망 속에서 뛴다
남자들은 건져낸 여자의 발에 입을 가져가 실컷 뜯어먹
는다
풀밭에 새장같이 앙상한 발의 뼈가
폐선처럼 버려져 있다
개미가 입맞춘다

여자는 발이 간지럽다 이 구름의 개천은
외로웠던 지난밤이 서성이길 멈추고 우비처럼 벗겨져 있다

물의 서가(書架)

내 방에 풀어놓은 은어떼 같은 정든 책들
화륵화륵 몰려다녀라 신나는 너희 체온으로 보일러를 절
절 끓게 해라
내가 바른 침은 너희와 함께 무늬 깊은 화석이 될지니
한 권씩 제본된 추억의 표지들마다
푸드득 꼬리치는 문장을 구워먹고 싶어
입바늘이 입술을 꿰었구나
내 책들아 나는 지식을 갈구하는 예지를 바란 바 없으니
너희 이 방의 플랑크톤을 터트려 먹고 수초의 머릿결로
헤엄치럼
나는 늙은 사서처럼 동그란 안경알을 닦아
너희 노니는 곳을 따르는
빛나는 등대가 되리니
파도에 떠다니는 등 푸른 공기의 반짝임을
가느다랗게 뜬 눈으로 바라보다
밤이면 사다리를 타고
잠자는 너희 지느러미 살짝살짝 매만져보다
나는 팔토시를 벗고
휙 던져진 포물선을 그리며
조갑지만한 이불 속으로 들어가련다

가설무대

밤의 골목 끝
수화기를 든 여자는 공중전화를 붙잡고 흐느끼고 있었다
오직 깨질 듯 밝은 전봇대 등빛이
둥근 무대 위로 여자를 올려놓고
여자의 슬픔은 만천하에 고하여지도록
장치되어 있는 잔인한 밤의 익살을
벗어날 수도 없이
붙들렸다 이렇게는, 더는 살 수 없어요
노골적인 눈물은, 덜컥덜컥
숨이 멎을 듯 동전을 삼켜버리고
무대로 올려진 소품처럼
여자의 다리를 부둥켜안은 아이는 고양이같이 가느다랗
게 울었다
빛의 중앙, 양파처럼 발가벗기어진 매운 슬픔의 전류는
공중전화에서부터 흘러나와
날벌레 같은 빗줄기가 휘둥그레 갓등 주위에 뿌려지고
한사코 어둠의 일원으로 숨죽인 행인들은
저마다 하나씩 암전된 사연의 동전을 꺼내어보다
조심스레 여자로부터
아이로부터
빛나는 슬픔의 무대로부터
그치지 않는 비의 장막 사이로 멀어져가는 것이다

2부

작게 죽자 작게

작게 작게, 하마

하마야, 잘 잤니?

출렁출렁 거대한 궁둥이가 뱃살 주름을 밀며
내 가슴 물 깊은 웅덩이 밖으로 쿵쿵
발바닥이 내딛고 떼는 자국마다
방안에 산재된 슬픔은 압착되어 그의 발바닥에 흡수된다
나는 안다 얼마나 자잘한 눈물 알갱이까지도 그가
자신의 육질로 살찌우고 있는지
하마가 웃고 있다 물먹은 가슴이 왈칵 터질 것 같아
우리 둘이 산책 가자 햇볕이 따가운 그늘 없는 거리로
너랑 나랑 출렁대는 엉덩이를 좌우로
흐른 협주곡 같은 방귀소리 뿡뿡 울리며 나란히 걸으면
먼 밀림에선 외로운 마음의 사냥꾼들이 밧줄을 버리고
악어들은 우울했다가 배를 움켜잡고 껄껄 웃겠지
언덕을 타오르는 초록 잎들과
꽁무니 터질 듯 용쓰는 마을버스 사이로
바람의 혀가 습습하게 얼굴을 핥는 우기도
열대 치어 같은 종아리 하얀 여자애들이 어머어머 길을
멈춰 서도
우리 둘이 정류장 앞에서 탈 듯 말 듯
운전수 아저씨 헷갈리게끔 멀쩍이 서 있는 거 참 웃길 거
야 슬퍼서
궁둥짝을 철썩 치며 골을 내도 가만 웃고 서 있는 너를

나라면 껌뻑 죽는 너를 개장국냄새 나는 너를
그 뚱한 몸속으로 흘러가 고인 내 눈물의 수위를 교체할
때가 온다면
집으로 돌아오는 길 담장에 활짝 핀 장미꽃을 찾아가
우리 가슴에다 가시를 깊이 끌어안고 박아
그동안 모든 슬픔의 총량을 장미의 정수박이에 부어주자
우리는 뻥 터진 풍선의 쪼그라든 고무처럼
경비 아저씨가 화단을 돌다가
집게로 쓰레기통에 넣을 수 있게
작게 죽자 작게
그동안 너무 거대한 슬픔의 몸을 받았으니
아무도 우리가 한 쌍이었던 걸 몰라보게
홀가분하고 텅 빈 풍선껍데기이게
작게 작게

잘 자라, 하마야

개미와 나

하여 목이 가느다란 개미가 조심조심 다가와 내 눈물을 옮겨가지 않을까 한다

개미들이 그걸 나누어 먹고 배부른 잠을 일렬로 누워 자면서 가난한 집 어버이와 새끼들처럼 다정하니 나란할지도 모르겠다

하여 나도 길을 떠나고 개미들도 떠나 각자가 이 세계를 하염없이 걸을지도 모르겠다

왜 그래야 하는지 모르는 채 우리는 걷고 걸으며 일렬의 눈물을 낳고

홀쭉해진 배를 또 누군가의 눈물로 채우고 찬 이슬을 피해 어둠의 포대기를 덮고 또 하루를 살아낼지도 모르겠다

가만히 들여다보면 어딘가 우리는 낯익고 문득 사랑하는 습관은

서로 나눈 피의 맑은 원액, 앙금이 가라앉고 뜨는 맑은 눈물을 나누어 마셨기 때문일지도 모르겠다

누군가 나를 부르지 않았으나 나는 그를 돌아보고 그는 나

에게서 멈춘다 우리가 시계의 시침과 분침으로 멈추었을 때
시간만은 기억할 것이다

그때 우리 사이를 신이 지나가고 있던 것이다 바람의 길
목에서 우리는 쓸쓸하고 소란하고 춥다 그리고 멈추었던 시
계가 움직이며 우리는 또 멀어질 것이다

하여 우리는 신의 구슬로 흩어져 구르지만 어딘가에서 하
나의 심장으로 꿰어져 이어지는 날이 올 것이다

그때 신은 더이상 스쳐지나가지 않으며 그의 목에 우리는
두 팔을 둘러 안고 아이처럼 기뻐 반짝일 것이다

개미들도 허리를 졸라맸던 끈에서 놓여나 우리 주위에서
동심원으로 동심원으로 눈물처럼 영롱할 것이다

꽃밭 속에서 하하하

꽃밭 속에 돌고래가 헤엄치고 있었다
나는 기도를 하다가
돌고래가 구원받으려 한다는 걸 알았다
귀여운 돌고래가 이젠 그러지 않아도 된다고
파란 물결 넘실거리는 꽃밭에서 헤엄치는 걸 보았다 나는
두 손뼉이 되어 짝짝짝 박수를 치며
내 차례가 오려면 얼마를 기다려야 할까
오늘도 그만 돌아가야 할 모양이라고
하늘을 올려다보았는데
거기 시원하니 꽃들이 피어 흐르는 하늘은
하느님이 입은 하와이 여름 남방이었다
땀을 흘리며 허푸허푸 하느님이 어린 돌고래를 띄워올렸다
이건 뭐야 꽃밭에 넘어진 것 같잖아 꽃들이 넘어졌다 일
어난 것 같잖아
무릎 위에 두 손이 뭐라도 꼭 잡았으면 싶었는데
죄 많아 송구스러운 웃음을 못 참겠어서 나는 하하하
입속에서 비둘기들이 날아오르며
돌고래 꼬리가 번쩍 나를 등에 태웠다 캉캉춤처럼 발랄
한 날
우리는 하하하 돌고래 등에 올라타고서
잘못한 것도 다 까먹고 맑았던 졸린 가을 하늘처럼
태어나 처음 웃을 때처럼
반달진 네 눈에 내 눈의 반달을 합쳐 달무리처럼 우리

하느님 등에서 하하하
아아 다시 귀여워지면 안 되는데
이렇게 웃으면 안 되는데
까맣게 탄 얼굴로 좋아서 입을 가리고 하하하

나체자들

거리는 거리를 조각낸 쓰레기들로 다시 거리가 되었다
너는
화염병을 만난 적이 없었다 또래들은 유리병처럼 투명
한 몸을
거리에서 터트렸다고 한다
네가 그 소식을 들은 것은,
저렇게 매일 보이는 달에 갈 수 없다는 것이
더이상 이상하지 않을 때쯤이었다
그때 사람들은 달려가 벽을 들이받고
동심원으로 금이 간 알몸으로 돌아다녔다
너는 버스를 기다리며 대부분의 시간을 정류장에서 보내고
계단 턱에 구두를 문지르면 밟힌 쥐,
꼬리를 무는 것은 꼬리 달린 것들이었다
그때 발가벗은 사람들이 얼큰하게 흐느끼는 술집 탁자
에 끼여
너는 붕대를 칭칭 감은 투명인간처럼 부끄러워하였는데
또래들은 길바닥에 절반쯤 몸을 쑤셔넣거나
길바닥에 절반의 몸을 빼내고 있거나
거리를 나서면 너만 혼자 발가벗은 걸
알아보는 이는 오직 너뿐인걸
스스로 파멸하고 싶어 미치도록 출렁이며
달렸으나 달에 갈 수도 없이, 너는 빈 벤치의 신문처럼 날
짜가 지나가고

병목구간에서 막힌 버스를 기다리고
아무 일도 없이 조용히
꽃은 꽃병에 꽂혀 있고
이제는 만난 적 없는 그 화염병이라는 것이
매일 떠오르는 달이라는 걸 알 것도 같은데
그래도 너는 또래 친구가 없고
친구의 노래를 모르고
화염병을 만나지 못하고
네 소식을 아마도 오랜 뒤에 전해들을 우리들은
너를 친구라고 그땐 불러줄지도 모르겠다

천사 걸작선

산등성이 천사의 집 아이들을 보살피는 일을 맡았는데 하느님도 아닌 내 주제에 밤마다 어둠 속에서 아이 우는 소리가 들리면 선잠을 깨고 들어가 나쁜 꿈을 쫓아주려 하지만 아이는 엄마가 보고 싶다고 울고 너는 엄마를 본 적도 없는데 어떻게 보고 싶다는 거냐고 물으면 나도 몰라 모르는데 슬퍼, 하고 울고 다른 침대의 아이들이 눈 비비며 일어나 동시에 앙앙 울어대면 여기가 지옥이라도 하느님은 할말 없을 거야 내가 아닌 주제에 하느님이 나보다 더 사랑을 받는 건 억울해 애들이 아귀처럼 퍼먹는 저 밥을 안치느라 새벽마다 눈 쌓인 마루를 살금살금 걸어가 쌀독을 열고 귀때기를 바람에 얻어맞으며 아침을 지었는데 감사는 하느님이 받고 아무래도 천사의 집이라면 천사가 한 명이라도 있어야 할 텐데 악마들만 드글드글해서 나는 산등성이 천사의 집을 맨발로 도망치는데 아이들이 손도끼를 들고 랄랄랄라 노래를 부르며 천사처럼 이쁜 얼굴로 산허리를 빙 둘러 쫓아오고 나는 하느님을 불러대고 하느님은 선잠을 깨고 잠옷을 질질 끌고 나타나 너는 하느님을 본 적도 없는데 어떻게 불러댈 수가 있냐고 물으면 나도 몰라 모르는데 불러, 하고 울고 하느님은 귓바퀴 속의 보청기를 뗐다 붙이며 여기가 지옥이라도 할말이 없다면서 내 어깨에 날개를 달아주었는데 퍼덕퍼덕 으쓱으쓱 어깨를 추켜올려봐도 발밑이 떠오르지 않아서 아이들은 도끼날로 나를 쩍쩍 찍어대는데 이건 나쁜 꿈이라고 애들을 달래도 엄마가 보고 싶다고 울고불고 산등성

이는 내 피로 사방이 계곡을 이루어 범람하고 나와 아이들
은 번쩍 들어올려져 천사의 집에서 깨어났더니 너덜너덜해
진 나를 아이들이 둘러싸고 도망도 못 가게 삐뚤삐뚤 꿰매
고 있었고 착한 일을 하려던 것이 나쁜 일을 유발하여서 죄
만 한 줄 더 늘어난 채로 다시 새벽마다 밥을 안치고 빨래
를 하고 다 낡아 누레지고 늘어진 브라자 같은 날개를 단 채
로 내가 천사라서 고맙다고 아이들은 입을 모아 나날이 못
되게 자라나고 하느님은 코빼기도 안 보이는데도 감사의 인
사를 받고 산등성이는 자꾸자꾸 하늘에 가까워지는데 밤마
다 아이들의 눈물은 계곡을 이루어 사방으로 흘러가고 나무
는 무성해지고 햇빛과 그늘은 줄어들고 착한 천사는 걸레
로 마룻바닥을 닦다가 그만 하느님을 목놓아 부르며 산등성
이 절벽을 뛰어내리는데 다 떨어진 브라자 같은 날개가 펄
럭펄럭 세상의 마지막 조망을 보여주며 하늘나라로 나는 올
라가고 있었다

엄마

엄마 엄마 솜사탕이 딸기맛 나
난 아기를 낳은 적이 없는데
산딸기만한 앙증맞은 계집애가
솜사탕에 혀를 대고는 내 소매를 잡았다
딸기에 박힌 깨만한 눈을 두어 번 깜빡거리며
엄마, 난 엄마라고는 해본 적도 없는데 당연히 엄마 노릇
이 되어서
딸을 바구니에 담아 사왔다 집에서
짓무르지 않게 살살 씻어주고
선선한 냉바람도 쐬어주고
엄마 난 엄마가 젤 좋아
동그란 입술을 모아 내 놀란 볼에 뽀뽀를 하는데
딸기를 베어물었던 것같이 턱이 아리고 침이 고이는데
네가 내 딸이 아니어도 엄마 노릇을 하고 싶은데
뽁뽁이 신발을 삑뽁삑뽁 소리내 달려와 내게 안기면
보드라운 젖살이 우유 같아
내 쓰라린 데를 호호 불어주고
난 눈과 입이 흐뭇해 잔잔히 우러나오는 미소가
둥둥 떠운 기름같이 얼굴 위로 떠오르는데
우접우접 두 손 가득 분홍물을 줄줄 흘리며 먹는
딸기맛이 아리고 침이 고일 때
아마 너는 나의 꿈인가봐
엄마 엄마 부르는 그 아기 때문에

으깨어지도록 내가 울면서 웃으면서
엄마 솜사탕에 딸기가 들어간 거야?
나는 눈물 젖은 속눈썹을 가리고 고개를 응 하고 기울이고
딸기는 어디 갔을까 몰라 궁금해 죽겠는 내 딸은
어디로 갔을까 어디로 갔을까

인어 경매

꼬리치는 것들은 죄다 붙들려왔어요 줄줄이 쇠스랑에 엮여
신대륙에 일꾼으로 팔려나가야 된다네요
양산을 코르셋처럼 활짝 죄었다 펴며
우리는 손장갑으로 입을 가렸다
어머어머 망측한 것들
삼등실 배 밑창으로 끌려들어가는 미끈한 인어의 에스라
인이
아찔해
풍만한 우리의 아랫배를 흡 하고 넣었다가
방구가 나왔던 것인데
미소를 흉내내며 서로가 서로에게
묵묵히 고개를 끄덕이며
선장님
신대륙에는 죄를 옮겨 심는다던데
하느님 보시기에 아니할 말인가요
파란 하늘에는
증기선 연기가 딱입니다 숙녀분들
구명보트는 숟가락과 젓가락 수만큼 우리 앞앞이 놓여 있
겠지요?
한 배를 타고 간다 해도
다 똑같은 운명이라고 한다면
누가 회개를 하겠어요
꼬리부터 잘라주세요

아가미를 뻐끔거려도 쟤네들은 통점이 없어서
아픈 줄도 모른다네요 꼬리치는 것들은
칼등으로 비늘을 거슬러 벗겨주셔요
인어들은 어디로 한댑니까?
우리야 알겠어요 짐승 같은 것들
선장님
사제가 집전하는 선실 성당으로 안내해주세요
하느님과 직접 얘기해보겠어요
우리는 쥘부채를 착 펴서 간드러지게 떨어대었으나
알통 굵은 선장님은
인어가 거품 물고 줄줄이 미끄러져들어가는 삼등실 아래로
에험 걸어들어갔다
어머어머 망측해라
남자들이 하수도를 원한다면
상수도는 수도꼭지를 잠그고 있어야 한다고
정숙하게 벌게져서
외롭고 긴 한숨을 우리는 방구처럼
서로 묵묵히 응수해주었으나
갑판에는 기기묘묘한 형틀처럼 먹구름이 드리워지고
백열전구처럼 두 눈만 퀭한 우리는
서로의 발목에 꿰인 쇠스랑에 발맞춰 줄줄이 일등실로 들
어갔다

외톨이들은 다 그래

　　방은 사각형 나는 허리를 구부려 발가락을 물었지 외톨이
들은 다 그래 둥글게 둥글게 링도넛처럼 가슴이 뻥 뚫려 굴
러다니지 이 방 저 방 먼지에 뚤뚤 말려 엄지발가락을 아기
처럼 오물거리며 굴러다니면 뾰족한 각들이 휘어져 창 모서
리가 굴러가고 형광등이 흘러내리고 장판 무늬가 천장을 지
나고 환전등처럼 아아 회전목마를 탄 것같이 참 원만해 원
만하다고 이렇게 굴러다니다 당신이 서커스 소년처럼 내 텅
빈 가슴을 통과하는 재주를 넘는다면 예전처럼 우린 환상
의 커플 나랑 같이 쌍가락지처럼 딱 붙어 굴러도 좋아 약속
의 중심은 뻥 뚫려 있고 우주도 어디쯤 휘어져 굴러간다는
데 모든 각을 용서하기 위해 자기의 각을 닳게 하는 외톨이
들은 다 그렇게 해 혼자라서가 아냐 방방마다 살아온 날들
만큼의 외톨이들로 늘어나는데 당신이 문간에 찾아와 안녕,
한대도 당최 발 디딜 데가 있어야 말이지 말야 외톨이들은
머리깍지를 벗어 쥐고 공손하게 인사도 할 줄 아는 속깊은
알맹이를 가졌지만 말야, 깨금발로 선 당신이 발가락이 아
파 그럼 이만, 돌아서버리면 굴렁쇠처럼 비틀거리며 데굴데
굴 쫓아가 당신 허리가 호리병처럼 잘록해지도록 꼭 조이겠
지만 말야 당신은 비명을 지르겠지만 말야 외로운 사람들은
다 그래 발가락이라도 입에 넣고 알쏭달쏭한 눈물을 흘리겠
지만 말야 당신들이 몰라서 그래 이 방 저 방 사방 너무 많
은 외톨이들과 사느라고 조용히 누울 날이 없는데 말야 자
꾸자꾸 굴러나오는 외톨이들로 빼곡히 들어차는데 말야 차

라리 후후 입천장을 감싸고 부는 바람으로 날 밀어주지 말
야 더 멀리 굴러갈 수 있도록 보내주지 말야 모든 각이 사라
져 나도 사라지게 말야 원만하게 원만하게 말야

남몰래 수영장

아마 너의 가슴속에도 이따만한 푸른 수영장이 있을 거다
천장 벽 타일을 짜랑짜랑 울리는 아이들과
버들치나 송사리들을 닮은 조그만 물고기를 가지고 있
을 거다
너는 그렇게 살아온 거다 수영장 하나를 가슴속에 빠뜨
려놓고
넘치지 않게 너의 조그만 물고기들이 헤엄을 다 배울 때
까지
뜨거운 한낮 땡볕 아래서도 천천히 걸어갔을 거다
너는 얼마나 가득 푸른 슬픔으로 출렁거렸는지
아무도 아무도 몰랐을 거다
너는 구별되지 않도록 흔하게 굴었을 거다
가끔 네가 가진 조그만 물고기들이 첨벙 솟구치다 비늘
을 떨어뜨린다면
조금 더 평소와는 다르게 웃었을 거다
휘청거리는 반 스텝의 엇갈린 보폭 속에서
아찔한 홍수의 상상이 너를 조마조마 졸이게 했을 거다
너는 평생토록 피치 못할 것을 지니고 살았을 거다
네 눈물이 그래서 한 번도 흘러내리는 것을 사람들은 본
적이 없었을 거다
푸른 수영장 속으로 속으로 흘러들어가 고인 수심을 오직
너만이 알았을 거다
조그만 물고기들이 헤엄을 다 배워서

어느 날 너는 사각 얼음갑처럼 몸을 꾸깃, 비틀어서는
물고기들을 바다에 놓아주었다 쏴아아 쏴아아
파도의 선을 물고기들은 잘도 잘도 넘어갔을 거다
너는 태어나 처음으로 울음을 밖으로 울어보았을 것이다
왜 이런 인내가 필요한 게 인생이라고 말해야 하는지 너
는 몰랐을 거다
몰라도 어쩔 수 없는 것은 바다를 우리가 헤엄쳐 건너지
못한다는 것과 다르지 않았을 거다
너는 수척해져 한결 주름질 것이고
물고기는 아주 먼 나라의 어부에게 붙잡혀 값싸게 팔려
나갔을 것이다
그게 눈물의 물고기라는 것을 모르는 누군가는 그 살점
을 깊이 베어먹고
쏴아아 쏴아아 슬픔이 목까지 차올랐을 거다
뜻 모를 눈물을 저녁 밥상 앞에서 흘리다가 왜 자신은 남
과 달라야 하는지 상심할 것이다
버들치도 송사리도 아이들도 남몰래 남몰래 그의 가슴을
누비었을 거다

내 생일 쫑파티

자기들, 날 위한 건 아냐
폭신하고 두근두근 부푼 이층 케이크 위에
설탕가루 듬뿍 친 나를
눈사람처럼 삐뚜름 꽂아놓았어
자기들이 원한 달콤한 여자
잉잉대는 꿀벌처럼 내 주위를 빙 둘러줘
단꿈을 꿀 때 우리들 사이는 퍽 다정하니까
정말야 수정 같은 눈동자를 쪼아먹어도 좋아
알알이 빛나는 내 모든 것을 가져도 좋아
너무 늦지 않게 와서
얼른 가버리면

자기들, 날 위한 건 아냐
초를 켜줘
눈과 입을 모아 후우 불면
촛농의 눈물을 흘리며 갓 구운 겨울에 태어난
난 이층집 여자, 한 살 더 먹더라도
짧은 치마를 입고 머리꽁댕이를 물들여 까불거려볼까
혼자서 와우 어깨를 흔들다가
어마어마한 자기들 칼이
케이크를 썰어대기 시작하면
꺄악 비명을 지르고
난 그만 케이크를 밖으로

퉁그러져나왔지 다가오는 칼날을 피하려다

가지 말라고
가려거든 날 죽이고 가라고,
엄만 방 모서리에 몸을 묻었다가 벽을 흘러 주르르 울었지
아빠는 칼로 엄말 찔렀지
마지막이니, 네 뜻을 따랐다
엄마는 막 켜진 형광등처럼 깜빡거렸어
이건 유행 다 지난 홈드레스라고
맨드라미가 깔깔깔 허리를 접었다 숨겼던 웃음을 차례
로 폈지
삽살개가 쌀쌀쌀 짖다가 똥을 쌀지도 몰라

한 살 더 먹었어도
응응응 인조 속눈썹이 다 젖는데도
나비 날개 뽑듯 티슈 한 장 뽑지도
사각 손수건 접힌 면을 삐죽 내밀지도 않고
삐진 새의 부리같이
울게 내버려두면, 자기들 너무해
니 눈물이 특별히 존중받아야 한다면
우리는 하품을 참으려 하겠지만
이층집은 니가 구운 케이크니
이 빠진 접시를 우리한테서 빌리지 말라고?

한 살 더 먹기 전에
달콤한 가정을 찾아 떠날래
저녁 공기는 맑고 시원해
자동차가 없는 도로는 가볍지
내가 걷는 길에 찍힌 다디단 발자국을
자기들이 초를 켜고 길게 쫓아와
이건 무슨 성지순례의 행렬 같은데
날 위한 날은, 아직 아냐 자기들
눈과 입을 모아 축하 송을 불러줘
다시 태어나기 전에, 좋이잖아

판촉소년

옆구리에 바람을 끼고 달린다
엄마도 아빠도 없이 울지도 않는다
못생긴 볼이 터진다
진물이 흐른다
흐르는 것은 소매부리로 닦는다
마음은 없다
빨리 먹고 배부르고
잠이 들면 그만이다
동전을 넣어 돌리면 초코볼이 쏟아지는 꿈이
유일한 슬픔이다
혁명사전에 등장하는 영웅이
유년시절 그의 친구였다는 걸 기억조차 하지 못한다
비교할 수 없는 상상은
있을 것 같지도 않다
눈물을 배우고 싶다
괴물이 이렇게 쉬운 것이라면
아마 돌려줄 게 없는 것인가
옆구리에 한 부석 날리는 바람을 뿌리며
새벽을 달린다 오늘자다 단지 오늘자만
빵이 된다 나머지는
그의 소관이 아니다
출근부에 쓴 이름은
누군가 다시 지우고 쓰고 있을 것이다

호두 아닌 어떤 곳

고속도로 휴게소에 정차한 차들이 대전 찍고 대구 찍고 부산 찍고 회까닥 뒤집힌 호두 찍기 둥근 틀에서 호두과자, 호두가 조금 조금 소금처럼 잘 일어지지 않은 쌀 속의 돌처럼 와작 느껴지는, 선물로도 심심풀이로도 좋아요 고속도로 달리다가 문득 호두과자 정차하세요 기름도 넣고요 뜨끈한 우동도 좋지만요 봉지 속에 손 넣어 집어먹는 호두과자 젤루 좋지요 바람은 차창 사이로 머리칼을 부르고 카세트 트로트 메들리를 따라가다 차선을 슬쩍 변경해보는 거예요 훌쩍 키 큰 새의 걸음만치 성큼성큼 짜잘한 일상에서 튀어나와요 옆자리의 그이는 수염이 자라고 머리칼이 빠지고 뱃살이 접혀가도록 사랑의 미소 속에 해박은 금이빨이 저무는 햇빛에 반짝 빛나도록 멀리 남으로 남으로 센치한 스카프를 날리며 세월이 메들리로 쉼없이 쩍쩍 짖어댈 테지요 유치해서 눈뜨고 못 볼 애정행각도 좋지요 백미러의 차들이 추월해가건 말건, 주름이 늘어나는 소파를 곧추세워 먼지 낀 차창을 쓱싹 지우면 은행잎만한 풍경이 덜렁거리는 바퀴 따위도 잊게 할 테죠 달려요 자동차 안은 고속도로보다 더 빨리 흐르고 사랑은 그보다 더 빨리 달려요 달려 아드득아드득 턱이 나가떨어지도록 돌 썹은 표정은 말고 사이좋게 손 넣은 당신과 나의 봉지 봉지 속이 비면, 휴게소는 오줌 마려운 때에 나타나주잖아요 호두과자 땅끝까지 얼마예요 땅이 끝나면 붕 날아올라 바다에 떨어져도 달려요 물살을 헤집고 물고기들이 화들짝 욕하며 비키고 우리는 우—후 밀살

맞은 환호성을 질러요 못돼먹은 젊은것들처럼 바다를 가로
질러 섬을 뛰어넘고 등대의 충고 따윈 묵살하고 가요. 계속
가요 대서양 찍고 인도양 찍고 남지나해 오라이 오라이 회
까닥 뒤집힌 둥근 지구를 밖으로 튕겨나가요 헛도는 바퀴는
팽개쳐버리고 빙글 비행접시가 돌면 어지러운 시간의 회전
이 우리를 돌게 할 거야 가요. 달로 가요 달은 시시해. 화성
찍고 아니 토성의 띠를 아우토반처럼 명왕성 그 너머 해왕
성, 은하계 수천수만의 기항지들이 호두과자를 먹는 우리를
보게 될 거야 달려요 달려 우주의 끝을 보고야 말 철없는 것
들, 진리는 태양처럼 종종 잊히지요 우리 떠나요 자, 시동을
걸어요 기름은 듬뿍 넣고요 주유소에 들르면 휴지와 생수도
챙겨요 각자의 운명대로 회까닥 뒤집힌 호두 찍기 둥근 틀
도 버리고 지도책은 필요 없어요 무조건 남으로 남으로 호
두 아닌 그 어떤 곳으로

당나귀 까닭

샐비어 꽃다발을 목에 걸어주었지
눈자위가 뚱그런 나의 당나귀, 토닥토닥 등 두드려주면
까닭 없이 고갤 응수하고
꽃다발을 목에 걸고 나랑 같이 짤랑짤랑 남도길을 걷잤
구나
아름다운 나의 고향을 찾아서

추운 날 자장가를 부르며
삼등열차가 지나가고
잠자리가 지나가고
누더기 숄로 몸을 감싸고 까닭 모를 길을 차근차근 밟아
왔는데

나는 왜 태어났는지 까닭을 모르겠는데
다음 언덕을 넘어가면
좀 나아질 거라고 믿는 까닭을 알 수가 없는데
우리는 보폭을 맞추었고 그림자의 기럭지를 대어보았고
당나귀는 귀를 봉긋 접어 꽂고
목을 껴안아주면 의아한 듯 고개를 저어 빼는
사랑해줄래야 해줄 수 없는 멍청인데도
난 당나귀가 너무 좋아
가끔 꽃다발을 물어뜯어먹어도
선 채로 똥을 흘려도

나는 바위에 쪼그려 앉아 당나귀를 기다리지
절대 나를 사랑할 리 없는데도
네 눈은 저 먼 어디를 보고 있는 거야?
다른 사랑의 전생을 보고 있는 거야?

다음 생에서는 나를 기억하겠지 도란도란
우리가 걸었던 길을
까닭 없이 사랑에 빠진 나를
다정한 추억의 거름망 같은 눈으로
당나귀 옆에서 턱 괴고 앉아 똥 눌 때 웃었던 나를
뚱그런 눈동자에 핑글 눈물의 테두리가 고이며
당나귀야 당나귀야 나는 네가 퍽이나 좋아 목을 꺼안아
뺨을 부비던 나를 기억하며
소금짐을 강물에 빠뜨리고 허리가 휘도록 주정뱅이의 채
찍을 맞으며
까닭도 없이 울며 울며 언덕을 넘어가겠지
달빛이 소금 알갱이로 뭉쳐갈 때
다음 언덕에서는 좀 나아질 거라고
어디선가 들었던 노랫소리가 맴돌고
다시 한번 더 태어나면 나를 잊을 수 있을 거라고
자꾸자꾸 걸어가겠지
당나귀야 당나귀야 나는 네가 퍽이나 좋아
자꾸자꾸 들려오겠지

마부 탄생

짚으로 이불을 덮고 새까만 복숭아뼈 발목이 나온 마부야
너는 고삐를 놓지 않고 꿈이 꼭 달아나지 않게 엎디어 잠
들었지만
말의 콧김이 히히힝 자꾸 네 꿈에 말발굽을 찍어대지만
오늘밤엔 자박자박 눈 걸어오는 소리
지붕 밑 호롱불도 잦아드는 밤인데
바람의 주먹질이 사납게 문을 두드리고
달리자 달려 산통에 시달리는 재 너머 산부의 비명이 찾는
너의 주인 시골의사는 호롱불을 들고 너의 정강이를 걷
어차지
말이 울고 말 없는 짐승처럼 네가 울고
시골의사가 왕진가방에 파묻혀 기대앉으면
말잔등 높이 올라탄 난쟁이처럼
말들은 너를 끌고 너는 마차를 끌고
산통이 눈보라처럼 휘몰아치는 곳으로
달려라 달려 산 너머 재 너머 사납게 날뛰는 폭풍이 네 뺨
을 후려치지만
마부야 어느 훈김이 물큰 솟는 밤 마구간에서 피를 씻기
고 태어난 기적이
너의 것이라는 걸 누구도 기억하지 않겠지만 마부야 너는
눈부시도록 하얀 아기였단다 말랑말랑한 널 건초가 받아
안고
구석진 밤의 불은 젖을 두 손에 흠뻑 물어 살쪄올랐지

068

네 뒤꿈치 굳은살이 편자가 되고
박차를 박아넣은 어느 날도 말똥처럼 흔한 것이지만
누구로부터도 절박해본 적 없는 너는 박차가 쩔꺽거리도록
달려가 달려가 소년이었다가 청년이었다가 새까만 눈썹
으로
백발의 눈이 히이힝 소리쳐 덮쳐오고 채찍을 휘두를수록
밤은 날뛰고 말굽처럼 길은 휘어지는데 마부야
너는 말보다 빠르고 말보다 거칠고 말보다 고달픈
너는 말잔등에서 말들을 쫓아가고 말들이 지껄이는 욕지
거리를 배우며
등뼈가 퉁그러지도록 허리 굽은 마부야
허공은 네 머리칼을 벗겨 민둥머리가 되어가는데
구멍난 털실양말의 꽁꽁 언 발톱이 부러지는데
너는 아파 울면서 깜빡깜빡 말들의 반대 방향으로
달린다 달려 눈보라는 휘몰아치고
앞은 보이지 않으며 뒤를 감추고
달린다 달려 덜컹덜컹 마차 바퀴는 찢어지는 산부의 비
명을 넘어가고
헐떡이는 말 콧구멍 어둠 속으로 점점 빨려가는 너는
움켜쥔 고삐를 확 잡아챌 때
탯줄로 나둥그러진 벌거숭이 아이 하나 울음이 터져나와
물큰한 밤 너는 운다 운다 다시 또 태어났다고

배우의 역설

막이 끝났다
달이 꺼지고
분장실 거울 앞에서 화장가방을 여는데
새장 안의 새가
쇠창살에
목을 매달아
흔들리고 있었다
죽어봤댔자
헤어밴드로 머리를 쓸어올리고
클렌징크림을 둥글게 둥글게 펴발라
퍼렇게 칠한 눈두덩을 지웠다
꿈쩍할 눈이었으면
울기라도 했을 텐데
찍소리도 안 했다
눈썹 문신이 고등어 같은 미화원 아줌마가 바닥을 물걸레
로 밀어대면서
힐끔거려봤댔자 공연은 계속된다 내일도
김밥을 욱여먹던 손으로
새장 문을 열어 앞에서 뒤로 활개를 펼쳐
창밖으로 휙 시체를 던진다
달나라에 가면 편지하렴
반달 끝에 목매달아 대롱대롱 흔들리지 말고
돌아와 노래하지 말고

아양 떨지 말고
분장실 거울 앞에서 화장가방을 닫는데
거울로 흰 캡을 올려쓴 천사가 윙크를 하며 날아가는군
미화원 아줌마가 빈 새장 속으로 들어간대봤자
그래봤댔자 이 별은 참 친절하게 차갑다
오늘도 맨얼굴로
분장실을 번쩍 들고 극장 밖으로
뛰어내린다 그래봤댔자

3부
어찌하여 서운하지는 않고

불가리아 여인

매일 창 여는 시간은 일정하지 않지만,
매일 창 여는 순간 일정하게 지나가는
이국의 여인
자줏빛 붉은 함박꽃 모직코트를 여며 입은 그 몸은 뚱뚱
하나
검게 불타는 흑발,
영롱한 흑요석의 눈동자를
불가리아 여인, 이라 칭하기로 하자
가본 적 없는데도 그 여인 볼 때마다
벽력처럼 외쳐지는
불가리아!
정염의 혀가 이글거리는
태양과 열정이
조합된
발음!
가혹하게 태질하는 칼바람을
움츠려 깊이 찔러넣은
함박 핀 꽃은
불길하게도 피붉어
하염없이 걷고 걸어도 불가리아 여인
하염없이 걷고 걸어도 내 창 앞 그 여인
어쩌다 여기에 와 있는 거죠

겹쳐진 창문으로 지나가는 그 여인
부풀어 터질 듯 꽃핀 몸, 타오르는
흑요석 눈빛은 생각하겠지,
저 이방의 여인 코리아의 여인
창 속의 갇힌 듯 노랗게 뜬 얼굴 부르쥔 손
왜 내가 지나가는 이 시간마다 일정하게 창을 여는 걸까
어떤 이끌림이
그녀와 나의 눈동자 속 흑점에 맞추어지고
우리 서로 의아해하며 바라본다
왜 하필 나를 선택한 걸까
하고많은 사람 중에
불가리아 여인
코리아 여인
우연히 다시 만난다면 스치듯 안녕, 이라고 말할 수도 있
겠지만
불길하게도 매일 일정하게

롤웨하스 세트

크림롤웨하스
세 개씩 세 칸에
도합 아홉 명의 새끼손가락이 배달되었다
포장은 고급스러웠고 품질인증 마크가 찍혀 있었다
약속을 걸었던 건 그들이 순수했기 때문이고
지키지 못한 건 그들이 순진했기 때문이라고 말해두지
잘 구워져 바삭한 손가락 속엔 흰 생크림
우리의 약속이 아직 살아 있다는 증거였다
먹기에 좋은 용서는
살찔 염려가 있으나
추억의 간식이라면 이보다 나쁠 건 없어
침대 위에 앉아 부스러기를 조심하며 한입에 넣는
내게도 새끼손가락이 없지
당신들 간식으로 배달된 내 손가락은 맛있는 거야?
그땐 참 순수했어 흰 생크림처럼 지나치게 달고 새하얬어
도합 열 명의 새끼손가락, 약속은 아직 살아 있는 거지?
절대 약속하지 않겠다는, 새끼손가락 건 크림롤웨하스

초코롤웨하스
크림롤웨하스와 뗄 수 없는 자매품, 둘은 테이프에 친친
묶여
　할인된 값에 배달되었다 짓찧은 검은 손톱이 붙은
　엄지손가락이

세 개씩 세 칸에 도합 아홉 명분
첫번째라고 말했던 건 그들이 젊었기 때문이고,
매번 첫번째라고 말한 건 그들이 원했기 때문이라고 말
해두지
잘 구워져 바삭한 엄지손가락을
꾹꾹 눌러
부스러기도 먹어치우지
망치로 두어 번 내리친 검은 손톱 색다른 미각을 원하는
우리의 마지막 간식, 그때 당신들 말을 믿지 않았다면
이렇게 되지는 않았을 거야 후회는 곁들여진 어둠
한때 내겐 제일가던 당신들, 미안하게도
이젠 내 엄지가 땅을 향하고 있어 죽어주면
용서해줄게 무덤 속으로 무덤 속으로
꺼져줘
그땐 나 엄지손가락을 치켜들게
최고야! 초코롤웨하스

흔들릴 흔들림

어둠은 평평하고 천장은 풀로 붙인 듯
한 끝이 떨어져 펄럭일 때
혼자 말하고 혼자 대답하는 거울을 들고
문득 다가왔다 멀어지는

어어
내가 누운 침대가 떠오른다 두둥실 두리둥실
풍선처럼 한 손에 침대를 띄우고 너는 와와 달려간다
와와 유원지를 쏘다닌다 하루만이라도 내버려둬
너는 침을 췟췟 내뱉으며 기린한테 정신이 팔려 있다
딴생각의 구름이 지나가고 너는 기린보다 내가 높기를 원
한다
눈앞에 기린이 속눈썹을 치뜨며 잎사귀처럼 덥석 나를
물어버릴지도 모르는데
발버둥을 쳐대며 나는 침대 귀퉁이로 달아나고
침몰하는 침대가 기우뚱 뒤집어지는 찰나
기린의 이마가 나를 받쳐준다 거봐 생각보다 위험하지
않아
제발 사자우리에는 가지 말아줘 할딱이는 심장이
바람을 얻어맞으며 이리저리 피하는 허공의 균형을 맞추
느라 표류하고
이것보다 재미난 것은 없다고 너는 와와 달리고
내가 집어던진 베개가

지나가던 지렁이 허리를 분질러뜨린다
꼭 그렇게 성질을 부려야 해? 그물스타킹 같은 별자리들은
암만 봐도 이름을 알 수 없고 나뭇가지에 숨은
달이 슬쩍 내 몸 밑에 손을 넣었다 뺀다
너는 와와 이것보다 재미난 것은 없다고
터질 듯 바람에 뺨을 맞으며 달리고
침대 밑에는 죽음이 굴러떨어질 높이
마지막 잎새가 나무 끝에서 각오하듯 뛰어내리며
텅 빈 눈으로 나를 바라본다
같이 갈래? 생각보다 무섭지 않아
포물선으로 뉘어 떨어지는 등허리의 라인
내 균형은 왜 늘 다시 잡아야 하지?
저 아래 너는 빠이빠이 손 흔들고
나를 바람이 퉁 쳐올리고 청룡열차가 퉁퉁 부닥치고
나는 절대 땅에 내려갈 수 없다
침대는 잠들 수 없다
퉁퉁 소리의 흔들림 속에서

어둠은 평평하고 천장에 풀로 붙인
한 끝이 떨어져
나는 메마른 나뭇가지에 걸려 찢기도록 펄럭거린다
엄마 손을 잡고 가던 아이가 손가락으로 나를 가리켰으나
이내 넘어져 울어젖혔다

놀리는 논리들

귀걸이를 코에 하고서 너에게 반짝 물어보았다 어때?
눈물이 아마도 이빨 사이에서 흘렀을까봐
턱을 뺨에다 끌어올리고 이렇게 살아온 걸 어떡해
너는 얌전히 칼라를 눕혀 입은 의사처럼 내게서 하나씩 초
래한 엉망을 제자리에
놓아주었다 정육점에서 똑같은 핏물이 흐르는데 왜 사람은
주장하는 모든 오만을 레스토랑에서 썰고 있는 건 어떡해
너는 앞치마를 두르고 꽃받침같이 손바닥을 펼쳐 쟁반 위
에 내게 올 모든 광경을
미리 차려주었다 닭장엣 것들은 닭이랍시고 닥닥닥 긁는
데 땅바닥은
공활하여 모든 공평이 알을 품고 있다는 건 어떻게 그렇대
내 땀구멍이 볕드는 때를 만류할 만한 하품은 나부터 어
떻게 해봐야 텐데
입술에 머리칼을 물고서 너한테 물어볼 것들이 각질로 일
어나 죽어버리는 게
낫다는 건 어떡해 나의 조형은 오래된 점에서 비롯된 우
발적인 풍속사
너희들에게는 너희들의 논리가 바구니 속에는 바구니만
의 세계가 있다고
그걸 좁다고 말할 순 없는 건 어떻게 그렇대
태양의 그래봤자 근거리들

혼자서 배워보는 재밌는 마술놀이

강아지와 똑같은 모양으로 오려 달려갈 순 없을까?
그럼 기둥에서 기둥으로 날다람쥐처럼 숨어 달리지 않아
도 될 텐데
떠나는 당신의 자동차는 광장을 미끄러져가고
발부리에 걸린 포석에 넘어져 난 울지 않아도 될 텐데
강아지와 똑같은 모양으로 나를 오리자
강아지와 발맞춰 랄라룰루 달리면
당신은 날 보지 못할 거야, 못하면서 쫓기는 심정 이해할
수 없겠지
백미러를 눈가로 힐끔 당겨도
브레이크로 멈춰 서 문을 열고 나와도
강아지와 딱 달라붙은 강아지 모양의 나를 모르겠지
당신은 떠나기 쉽도록 생겨먹은 자동차를 몰고
광장을 미끄러져가고 비둘기들이 볍씨처럼 하늘로 흩어
지고 종탑 끝에서 멀꼼히
강아지와 달리는 날 갸우뚱 쳐다볼 테지만
쌍두마처럼 달리자 달려, 강아지야
당신이 가는 저세상 밖이어도
강아지야 깡깡 짖으며 사이좋게
핫둘 핫둘 셋넷 셋넷
발맞춰
떠나는 당신의 자동차와
발맞춰

이 밤이 새도록 박쥐

나야 네 곁을 오리처럼 뙤뚱뙤뚱 따라다니던 그래 나야
불빛 한 점 날아와 부딪치는 다방 창가
너는 턱 괴어 애인을 기다리지만
베토벤 교향곡 음표들처럼 거꾸로 천장에 매달려
네 크림빛 눈물이 나태하게 풀리는 동안
퐁당 퐁퐁당 네 이마 위로 각설탕을 빠뜨리는, 그래 바
로 나야

네가 정중히 뒷문을 가리키며 꺼지라고 소리치던 나야 나
네가 쓰레기라고 말했던 나야 나, 검게 탄 미소로 뒷걸음
치다
난 자동차에 치였을 뿐
신발이 구르고 어깨를 감싸던 검정 망토가 풀썩 덮쳤지
삐뽀삐뽀 사거리 순서가 뒤얽혀
신호등이 앵무새의 호동그란 눈을 치켜뜨고
경광등을 켠 고양이들은
거리로 몰려나왔지 딴 세상의 똘마니들이 도래한 거야
힘들어 죽겠는 망토의 두 팔을 쫙 펼치자 때마침 바람이
폭풍이
아하 비틀,
할 줄 알았겠지만 나는 붕 날아올랐어
해와 달이 쌍생아처럼 서로
껴안고 나무들은 머리를 흔들며 비명을 지르고

작고 순하지만 성질이 불같은 집들이 바람의 살집 아래
화들짝 눈을 떴어
더러운 환풍구야 식당 뒷문이 흘리는 비웃음아
굴욕을 토하는 골목들아 날 봐
납작한 사거리 납작한 마을 납작한 산
접부채처럼 활짝 펼친
날 좀 봐 주름이 좀 이뻐
날아가는 내 날개 사이로 하늘이 다 비치고
높이 솟다가 문득 내려앉는
나야 나

너는 애인을 기다리다
한 점 불빛 날아와 부딪는 커피잔을 훌쩍 들이마셨을 때
거꾸로 매달린
나를 본 거야 맞아 나야
너는 스푼을 내던지며 박쥐, 라고 소리쳤어
다방 목조계단을 쿵쾅쿵쾅 뛰어내려와
문을 열었고, 순간 삐거덕거리는 계단의 무릎이 꺾이고
놀란 네 몸이 와르르 무너졌지 나야 그래 나야
네가 쓰레기라고 말했던 그래

이제는 달을 지우고 사라지는 지붕과 지붕 사이
눈빛이 칼날같이 그려진 나야

얼굴을 파묻고 검정 망토에 손깍지 끼면
발밑이 떠오르고 두 팔 벌리어 바람의 양감을 느낄 수 있고
조타수처럼 방향을 조종할 수도 있지
날아가는 나를 알아보는 이는 없겠지만
내 검은 그림자는 숲에서 죽은 새의 몸처럼 눈에 띄지 않는
숨은 비밀이겠지만 갈대숲의 흔들리는 고뇌 속에
내 눈물이 떨어진 걸 아무도 모를 테지만
여전히 사랑을 원하는 삐진 표정이겠지만
울먹이는 밤엔 창 열어 눈을 마주쳐보아도 좋아
밤의 책장이 저 혼자 덮이거나 부엌 등이 파닥 튀거나
알지 못할 천공의 울림이 가까이 다가오면
나 잘살고 있어 네가 쓰레기라고 말했던 그래 나야

지붕과 지붕 사이 붕 떠올라 달을 쿡 찌르고
쿡, 쿡, 쿡, 웃어 죽겠는 나야 나
눈빛이 칼날같이
이제 나야 나

이 리듬은

우리라고 말하지 말았으면 한다네
피는 피대로 물은 물대로 원심분리기에 넣어졌다면
저녁은 저녁이 함양하는 물이

내 눈물이 눈물을 보이는 순간
눈은 눈물이 아니고 눈물만이 눈물인 것이고, 라고
우리는 말하는 순간 말이 우리가 되지만
피보다 진하게 오 피어오르는 김이
오 원심분리기에 탈탈 짜이는 밀도가 다른
우리의 사연이 신도 헷갈려할 진실이라고 오 나의 저 너
머를 바라보는 어깨선을 누가
갈매기의 날개가 펼치는 만곡선의 고독에 대해 누가
중심으로부터 멀어질수록
나는 나대로 너는 너대로 우리라고 말하지 말라고
우리는 말하지 말라고
이 리듬은 따단따단따단

빗방울 소식

발을 멈춘다 아,
빗방울이 빗! 방울! 깜빡 윙크할 때
아,
뭉쳐놓은 빨래 같던 내 몸이 열리며 단 하나의 혀가 응답
하는
아,
토끼 귀가 쫑긋 서고 콧등이 간질거려
주먹으로 눈 비비면
빗! 방울! 오랫동안 빨간 눈으로 울어왔더라도
어디가 어딘지 몰라왔더라도
문득 고개 드는 순간은
미워지지 않는 사람의 소식 같아
나무계단을 오르다 말고 빗, 방울, 방울
하늘에서도 오는데
오지 못할 곳이 없는데
흘러가는 구름의 표정은
어두운 사람의 소식 같아
내가 서 있는 곳에서 머나먼 바람이 불어가는 쪽으로
한 번도 가보지 못한 그리로
나무계단을 오를 때
빗! 방울!
그곳에 당도할 소식처럼
너는 와야 할 이유가 있는가

너는 와야 할 이유가 있는가
용무가 짧은 치맛자락같이 스치는
당신이 금 그은 비
내 발목을 모으는
달아난 인사

반의 반의

종이 한 장을 접으리라 딱 절반 미안했다
고개 숙여 입을 다물 듯 다시
그 반의 허리를 꺾어
네모가 네모를 삼키며 접는 손이 빨라지고
작고 작아지리라
손톱만하게 접히리라
손톱을 빠져나온 반달만하게 접히리라
봉숭아물도 달의 반대쪽으로 노을빛으로 저물어가고
애틋하게 휜 눈도 지평선을 넘어가고
접은 날개를 옆구리에 파묻어버리고 새는 고개를 눌러 감
추어
점점 접혀가는데
새벽이 반을 접고 달이 되고 달이 반을 접어 별이 되고
별빛의 접힌 시접이 지평선이 되고
우리는 자꾸 작아지며 무수히 접힌 주름과 맞닿은 단면
을 인생이라고
불러본다 해도, 부르는 목소리를 딱 반만이라도 알아들을
너는 죽어버리고
나는 이제 우울한 날 누구를 잡으며 골질을 하나
겹겹으로 첩첩으로 접어 넣은 앙심이
한 방울 눈물에 탁 매듭이 풀리며
부채처럼 반 호의 활개를 펼쳐
이렇게 해지고 구겨진 마음과 맞닿았던 단면이 내 육체

라고
  불러본다 해도, 애초에 그토록 드넓도록 장평이 펼쳐졌던
나의 일생이라고
  누군들 알 수 있을까 알아볼 수 있을까 칼같은 주름으로
칼집으로 접힌
  쪼가리 한쪽을 향해
  누가 어떤 글씨라고 써볼 수도 없게 나달나달해진
  흰 보풀이 일어난 나의 반의
  평평한 건평이여

내 가슴에서 지옥을 꺼내고 보니

내 가슴에서 지옥을 꺼내고 보니
네모난 작은 새장이어서
나는 앞발로 툭툭 쳐보며 굴려보며
베란다 철창에 쪼그려 앉아 햇빛을 쪼이는데

지옥은 참 작기도 하구나

꺼내놓고 보니, 내가 삼킨 새들이 지은
전생이구나
나는 배가 쑥 꺼진 채로
무릎을 세우고 앉아서
점점 투명하여 밝게 비추는 이 봄

저세상이 가깝게 보이는구나

평생을 소리없이 지옥의 내장 하나를 만들고
그것을 꺼내어보는 일
앞발로 굴려보며 공놀이처럼
무료하게 맑은 나이를 보내어보는 것

피 묻은 그것

내가 살던 집에서 나와보는 것

너무 밝구나 너무 밝구나 내가 지워지는구나

이 햇빛

나에게 닿는 이 햇빛은 얼마나 멀리서 왔는가

이 빛의 실마리 끝을 잡아 리본을 묶어서 다시 놓아준다

햇빛은 처음 시작된 곳으로 되감아지고 있는 중이다

그것이 돌아가기까지 얼마나 먼 거리인가

나는 나의 자리가 없이 떠돌아다녀야 했는데

지구의 먼지조차 우주로부터 오는 중이다

나는 나의 돌아갈 길이 그렇게 먼 것이

그 선물이 무엇이었는지

두고 온 상자의 리본은 끌러보지도 못하였는데

우리는 날아가며

내가 놓아준 빛을 우연히 조우할지도 몰라서

저 태양에는 내 묶은 리본 하나가 아주 작게 있을까

순간이 걷히어가는 저 먼 거리까지

다시 묶어주고 작별인사를 하며

나는 가난한 나라의 아이가 보내온 성탄엽서 한 장처럼

멀리 우주로 팔랑이며 돌아가고 있는 중이다

우리는 안다고 할 수는 없다

우리는 안다고 할 수는 없다
누군가 거리에 불을 피웠고 연기는 줄지었으나
걷고 있는, 걸으면서 떠나는 나를 합창하듯 노래해주었다
나는 걸었고 걸으면서 오직 우리가 그리워 울었다
나는 왜 안다고 할 수는 없는 것들을 따라왔는지
내게서 멀어지는 식은 저녁 속을 걸으며
연기가 줄지어 노을 속을 따라갔다 우리는 안다고 말할
수 없어서
말하지 못한 것들로 더욱 그리워진다
불이 연기로 연기가 노을로 타오르는 순간에
우리는 우리를 지나버린 것들을 보고 있게 된다는 것을
안다
처음과 같은 곳으로 누군가 거리를 서성였고 그림자는 줄
지었으나
우리가 안다고 말할 수 있는 것에는
이미 없는 것들이 우리에게 있다는 것을
우리가 아무 말도 하지 못할 것을 안다
아무도 우리의 말을 안다고 할 수 없는 채
이루지 못한 것들에게는 이루지 못한 이유가 있다고 말
해보는 것이다
말하면서 나는 걷고 걸으며 내게서 멀어지는 것들을 따라
울었다
어디쯤에서 저 홀로 꺼져가는 불꽃이 걸어나와

우리의 주변을 감싸는 빛의 원무처럼
이렇게 흔들리며
우리를 안다고 말할 것이다
말하며 우리의 전 생애의 무늬가 흘러가는 것을 바라볼
것이다

이 세상이 끝내
이루어지지 않을 것이다

혹시 너와 나 사이 오랫동안 소식이 끊긴다 하더라도*

　나는 별에다 소원을 빌고 퇴근길에 한 다발 장미를 안고 문조, 눈같이 흰 몸과 분홍 부리를 꼭 다문 새의 모이 한 봉지를 사고 흰 입김을 날리며 언덕을 오를 것이다 그때 너는 어느 지구의 지붕 아래 나의 생각은 없이 저녁까지 미루어놓은 신문을 읽고 프라이팬에 달걀을 깨뜨려 적당히 때우는 저녁과 귤을 사러 슬리퍼를 끌고 집 앞 슈퍼로 걸어가는 날이 있을 것이다 나는 그 모습을 생각하며 한없이 쓸쓸해지는데 어찌하여 서운하지는 않고 우리는 왼팔과 오른팔처럼 나란한 신의 어깨높이에서 흔들리며 어찌되었든 걸어가는 것일 것이라고, 그때 어 눈이네, 문득 하늘을 올려다볼 때 찬 입맞춤의 보드라운 입술 같은 눈이 너의 뺨에 나의 뺨에 닿아 눈물처럼 녹을 때 맨발의 슬리퍼를 끌고 나온 네가 하아 숨을 쉴 때 입김이 태어나 겨울의 육체가 되고 나의 퇴근길 구두가 멈춰 맨팔 같은 가느다란 가지에 눈이 쌓이어가는 걸 보며 하아 숨을 쉴 때 우리는 절대 서로를 떠올리지 않을 것이며 우리는 그리운 아무도 없을 것이며 우리는 그리하여도 슬프지는 않을 것이며 하아 하아 흰 입김이 태어나 사라지는 것처럼 다시 걸음을 재촉할 것이다 얼어터진 귤 하나가 섞인 너의 귤 봉다리와 나의 사락사락 싸락눈소리를 낼 새의 모이 봉다리는 신의 어깨높이에서 앞서거니 뒤서거니 서로 흔들릴 것이나 만나지는 못할 것이다 우리는 지구의 지붕 아래 살아가는 것이 더이상 슬픔만이 양식이 아니라는 것을 알며 우리의 일부가 우주로 섞이어가는 것을 말

없이 지켜볼 것이다 그러한 한 생이 지나는 것을 더이상 기 ⎯
억하려 애쓰지 않을 것이다

* 송찬호, 「나팔꽃 우체국」, 『고양이가 돌아오는 저녁』, 문학과지
성사, 2009.

어느 별의 편지

우리는
사막의 절반을 지나왔으니
이 기후가 바뀌어도 이젠 좋겠다 우주는 먼 시간을 돌아
순환한다는데
화석이 부서져내리며
이제는 내 차례가 되어도 좋겠다
하늘이 준 눈물과 마른 땅이 고요히 입맞춤하는 계절이 나
의 별에 시작되어도
좋겠다 그 사막의 폭풍이 지나가는 길에
나는 죽은 나뭇가지로 모래에 귀를 대고 누워 있었으나
누운 채로 오래도록 뜨거운 하늘을 바라보고 있었다고
최초의 나무가 시작되는 것을
당신이 숲이 되어 치마를 끌고 나와
그 치마폭에 나를 주워가줄 것을 알고
내 가지는 내 뿌리가 될 것을 알고
떠났던 잎들과 비와 향기로운 바람과 함께 당신이 오기
쉽도록
모닥불을 피우고 별은 양치기를 찾아 줄지어 떠나가는 하
늘 아래
이 사막은 모래를 모두 쏟아버리고 맑은 유리잔 같은
밤하늘 북극성 아래 내가 누워
이렇게 너를 기다려도 좋겠다

4부

나는 나로부터 떠나온 것이다

오버

지구 반대편으로 떠나기로 했다 오버
널 떠나기로 했다 오버
엔진이 툴툴거리는 비행기라도
불시착하는 곳이 너만 아니면 된다 오버
열대 야자수 잎이 스치고 바나나투성일 거다 오버
행복하자면 못할 것도 없다 오버
죽이 끓고 변죽이 울고 이랬다저랬다 좀 닥치고 싶다 오버
원숭이 손을 잡고 머리 위 날아가는 새를 벗삼아
이구아나처럼 엉금엉금이라도 갈 거다 오버
왜 그렇게 쥐었다 폈다 꼬깃꼬깃해지도록 사랑했을까 오버
사랑해서 주름이 돼버린 얼굴을 버리지 못했을까 오버
엔꼬다 오버
삶은 새로운 내용을 원하였으나
형식밖에는 선회할 수 없었으니
떨어지는 나의 자세가 뱅글뱅글 훌씨 같았으면 좋겠다
오버
그때 네가 태양 같은 어금니가 반짝 눈부시도록 웃고 있
었으면 좋겠다 오버
지구는 속눈썹으로부터 흔들리는 풍경으로부터
추억을 모아주고 있지만
태어나 참 피곤했다
벌어진 입을 다물려다오 오버
내 손에 쥔 이 편지를 부치지 마라 오버

희망이 없어서 개운한 얼굴일 거다 오버
코도 안 골 거다 오버
눅눅해지는 늑골도 안녕이다 오버
미안해 말아라 오버
오버다 오버

베이비 숍

아기를 사러 갔어요 늦도록 아기가 생기지 않는 건
그이와 나, 정이 너무 도타워서래요
친절한 매니저씨는 병아리색 요람이 즐비한 쇼윈도로 안
내하며
아이가 우리 인간을 어떻게 종교적으로 승화시켜주는지
설교하였죠
아기는 노랑 하양 까망 방실방실 앙 깨물어주고팠는데요
참 내, 고르기는 쉽지 않았어요
그이는 하양 아기가 나는 까망 아기가 맘에 쏙
들었다 싶으면 노랑 아기가 신비로운 전생인 양 반짝 눈
떴지요
친절한 매니저씨는 그와 나의 취향을 반반씩 섞은
얼룩 아기를 권했지만요, 공평한 분배가 최선은 아니잖
아요
솔로몬처럼 아기를 둘로 나누라, 언도하는 순간인 것처럼
모성애 깊은 제가 양 손바닥을 으쓱 치켜올리고
그의 뜻을 따르겠노라, 결판 내리는 순간
아 내게 광명의 빛 환한 요람 눈에 띄었어요
이 아이예요, 내가 찾던!
오동통한 볼과 곱슬거리는 머릿결, 젖빛 살결
포도알같이 달콤한 눈
은의 부서짐 같은 웃음소리
그이도 마치 내가 낳은 아이를 보는 양

수줍고 놀란 입을 다물지 못했죠
그 아기는 비매품입니다
친절한 매니저씨는 잘라 말했어요
이 아기가 아니라면 사지 않겠어요
도타운 우리는 서로의 손을 꼭 잡고 외쳤죠
친절한 매니저씨의 치켜뜬 눈이 먼 곳을 응시했더랬죠
그 아기는…… 신의 아이랍니다
흠뻑 빠져 놀 즐거움과 단잠과 맛난 배부름이 항상 필요해요
나는 지체 없이 골드 카드를 내밀었죠, 우리에 대해 더 말해야 하나요?
신의 아이는 부조리와 모순, 고통으로부터 성장하지 않습니다
그건
인간의 아이나 할 바이니까요
우리가 지켜주겠어요!
친절한 매니저씨는 말꼬리를 싹둑 잘랐어요
바보 천치를 데려다 어쩌시려구요! 반품은 정말 골치 아파!
친절한 매니저씨가 발칵 소리를 지르자
온 요람의 아기들이
덩달아 우와앙 우와앙 울어젖히기 시작했어요
오직 하나,

신의 아기만이
까르르까르르 손뼉 치며 웃어댔지요

빵과 사과

빵이 빵으로 뭉쳐져 있다 사과가 사과로 뭉쳐져 있다
내 몸을 체에 내려 고운 가루를 원하여서 오늘은 입자로
갈려진다
두 손으로 꼭꼭 뭉치면 겨우 나, 인 나쁜 기억이
보건소 대기실 벤치에 앉아 있는 나를 얇디얇게 내리고
있다
겨우 한 덩이일 빵과 사과, 는 부피를 얻기 위해 너무 멀
리서부터 왔다
고단한 듯 서로 기댄 빵과 사과를 내려다보는 나는 겨우
나, 를 만들기 위해
너무 멀리서부터 왔다 너를 부풀린 것은 삶이 아니라 죽
음을 기다리는
대기실 찬 바닥 같은 것, 가슴에 두 덩이를 끌어안고 우리
는 곧 썩어갈 차례를
탐스럽게 완성하였다 내가 나로 이끌려
빵과 사과와 내가 놓인 정물
누군가 먼저 일어서서 떠나고 왼손과 오른손을 꼭꼭 뭉쳐
잡은 겨울 속에
온기를 악화시키는 이 발효하는 내부

이층침대의 날들

　이층침대를 타고 우리는 삐걱삐걱 뼈 맞추려 뼈아픈 소리를 하네 눈이 오네 창은 열대이고 눈은 열대를 지나는 가여운 아이처럼 녹으며 오네 이층에 누운 여자애는 얼굴이 검으나 흰 눈물을 물새 알처럼 낳고 새벽이면 날아간다네 나는 도롱뇽의 네발로 사닥다리를 기어 여자애의 짭쪼롬한 눈물을 손바닥 위에 올려놓고 속삭인다네 잘 자라라 잘 챙겨먹어라 더 남았다 너의 날들은 알록달록 점이 귀여운 네 껍딱은 내 미래를 그려넣은 방이란다 알로 둥글게 감싸인 가장 나쁜 천국을 제일 좋은 내 지옥 옆에 나란히 눕히네 사는게 이렇게 이층인데 치루는 고역과 눈물은 허공에 기여하는 바이지, 뜨거운 땀이 한기와 섞이지 않아 나는 혼분식처럼 둥둥 뜨네 서로가 맞대었던 살이 짓무르고 지옥의 섭생을 한 알씩 까서 건네주는 우리는 눈이 오는 열대를 지나는 가여운 아이, 이층침대에 살면서 삐걱 접골원의 소리없는 비명이 희끗희끗 지나가는 창이네 무너지지 않으려 뼈 없는 눈물을 낳고 낳고 또 물컹 하수구로 버려지는 날들이었네

자줏빛 방

이곳은 비가 자주 자줏빛으로 온다

멍들은 것들이 낫느라 멍들은 자리에 피가 스며 번진다

자주 잠이 오고 잠 아닌 것이 오고 눈을 뜨면 벽이 비를 흘리고 있다 백만 년 전에도

나와 같은 평범한 한 여자가 있을 것이고 벗은 몸에서 깨어 백만 년 전의 비를

바라보고 있을 것이다 그 여자는 자줏빛으로 물들어가고

백만 년 전의 꿈이 기억나지 않아 눈을 감는다

이 많은 물은 누가 흘리는 눈물일까, 비추어보는

내 얼굴, 이 많은 얼굴은 누가 비추어보는 일생일까, 침대를 타고

떠도는 여기는 밤의 대양, 물 위의 등잔불처럼

모여드는 침대를 탄 하얀 사람들, 우리는 잠시 여울지며 스치우는

비와 꿈과 눈물이 딸린 침대방,

백만 전 년에 예약하여 나를 들인 방

이곳에서 나는 만나기로 한 누군가를 기다리는 동안

자주 벽이 되도록 기다리는 동안

자줏빛 멍이 또한 백만 년이 되어가는 방, 너를 들이기를 예약받아놓은

비와 꿈과 눈물이 딸린 여기 마르지 않는 대양

비의 오로라

비의 오로라가 춤추며 동시에 우리를 지날 때
숲이 바람의 소리를 맞추려 나뭇가지로 허공의 음반을
칠 때
우리는 도망치는 검은 연인들이 되어
나무에서 나무로 우리를 던지며
흰 달에 쫓기는 두 마리가 될 때
우리 사이에는 점점이 가로지르는 비의 일부변경선이
그토록 멀리에서부터
저 바람이 부는 운명의 힘으로
바다로 가는 것을 모든 것을 데리고
하늘로 솟구쳐 떨어지는 연어와 까마귀와 겨자씨와 누룩
을 그 또한 함께
비는 오로라의 하늘거리는 춤으로
우리를 잊게 하는 빗나간 무늬로
소란한 숲을 흔들며 춤의 여운과 잔영으로 흐느끼는
그 모든 할 수 있는 화음의
완벽한 정렬을

눈, 이라는 세상

누가 지금 내 생각을 하는가
눈은 퍼붓고 쌓이고 나는 얼굴을 바꾸지 못한 지 오래
나는 당신을 사랑하지 않은 지 오래
베개가 내 얼굴을 반쯤 파묻어버리도록
나는 사랑하지도 않는 당신이 내 생각을 하는 걸 생각하면
잠이 오지 않은 지 오래
침대는 네 다리로 서 있거나 버티고 있거나
내 생각을 하지 않은 지 오래
내가 당신에게 하고 싶은 말들의 숫자만큼 눈이 내리고
고드름처럼 얼어붙어가는 나의 침대는 삐걱이고
다시는 당신을 생각하지 않아야겠다고 생각하는 말들이
쏟아지고 퍼붓고 아우성치고
내가 당신을 생각하는 동안 나는 당신이 되어왔다는 걸 모
르지 않은 지 오래
우리는 한밤중에 깨어나 당황하여 모르는 척 눈을 감은 채
밤을 숨기고 속눈썹을 떤다
누가 지금 당신 생각을 하는가
우리는 지금 누군가 우리가 되고 있는 걸 안다
사람에게로 뛰어드는 눈처럼
눈에게로 뛰어드는 사람처럼
우리가 보게 될 세상이 우리 자신이었다는 걸

기차 생각

슬픈 생각을 따라가다보면 나는 기차가 되어 있다

몸이 길어지고 창문의 큰 눈이 밖으로 멀뚱히 뜨여 있다 나는 길고, 달리다보면

창밖으로 식구들이 보인다 어쩌자고 식구들은 추운 민들레처럼 모여 플랫폼에서

국을 끓이고 있는지 내가 지나가는데도 나를 발견하지 못하여 기다리고만 있다

나는 슬픈 생각을 따라가다보면 네가 서 있는 곳을

지난다 풀지 않은 짐가방처럼 너는 늘 혼자다 내가 가려던 소실점 같기도 하고

신호등 같기도 한데 나는 너를 지나친다 그러면서도 너는 아주 많이 늙어서

내 할아버지만큼 오래 살아서 그런데도 네가 나의 사랑인 것을 쉽게 알아본다

슬픈 생각을 따라가다보면 친구들이 친구로 건너지 않는 건널목을 지나고

하늘이 파래서 조각조각 깨지는 어느 자오선의 가장 뜨겁고 아름다운 부근을

달리고 있다는 것을 알게 된다 내가 지나온 곳들이 나의 몸이 되었다는 것을 알게 된다

빗방울들이 금세 차창 가득 별처럼 와 뒤덮이고 나의 차오르는 눈물이

내 몸의 일생을 지나는 것을 지나친다 슬픈 생각을 따라

가다보면

　당신들의 육체를 길게 관통하며 강을 건너가고 바다의 슬
픔을 건너

　내가 되어가는 것을 알게 된다

라벤더 베개

밤은 엊그제 안녕, 하고 헤어진 네 얼굴처럼
잘 기억나지 않는 이유로부터 왔다
추운 입술처럼 보랏빛 베갯잇 속에는
말린 라벤더 잎들이
사륵사륵 모래 소리를 내며 내 머리의 누인 각도에 따라
가장 적절할 수면을 위치 지우려 라벤더라벤더라벤더
허공에 던져진 그물 모기장같이 아득한 향의 장막을 친다
그만 눈을 감아라 밤에는 머리를 풀고 아기로 돌아가야
한단다
모든 순간은 향기로운데도 숨을 쉬지 못할 만큼 어두운
밤을 본다
흐르는 눈물방울이 베개를 적신다
말랐던 꽃이파리가 기지개를 틀며 활짝 피어나고
뻗어오르는 넝쿨에 휘감겨
나는 두 다리를 가지런히 모으고 들어올려진다
자장 자장 자장 너는 밤마다 내 눈물을 받아먹고 자랄 거야
내가 돌아누울 때마다 라벤더라벤더라벤더
요람은 저멀리 영원으로 흘러가며
라벤더는 나를 재우고 나는 라벤더를 재우고
그물망 밖에는 빗에 엉킨 머리칼처럼 향에 휘감겨
슬픔의 날벌레들이 안타까이 붕붕거린다
라벤더는 말라붙은 입술로 언제까지나
잘 자라 잘 자라

눈물의 꽃이 핀다
나는 라벤더 꽃밭을 밟으며 너에게 간다

초대

빛나기 위하여 눈물을 흘리며 너는 자기그릇으로 닦아진 얼굴로
나를 위해 식탁에 놓아졌다
나는 배고프지 않은지도 모른다
태어나 보고 싶던 네 모양에 끌리어 수저를 들지 못하겠다

며칠 밤낮 나는 붙들려
너를 바라만 보고 있다
식사는 시작되지도 끝나지도 않았다

나는 배가 고프다고 생각한다 이렇게 식탁에 뺨을 대고
맑은 아픔으로 뜨거워 투명하게 금간 모양으로
나는 굶주려 죽었으면 좋겠다

시종은 시계처럼 재촉하는 성실함으로 침묵하지만
촛불은 꺼져가지만 촛농이 촛대를 일으켜세우고
나는 뜨거운 불속에서 온 너를 바라보며
추워 얼어죽었으면 좋겠다

이렇게 은성한 식탁이 살아 있는 지옥이 되어
또 어디에선가 부르는
나를 초대한 이를 미워하지도 못하게
나는 아름다운 너를 보느라 죽었으면 좋겠다

어린 이 집

더는 새끼 낳지 말고
조용히 멸망합시다 재가 됩시다
더는 집 늘리려고 이사 다니지 말고
앉은자리에서 죽치고 죽자구요
가족이 돼보려 했던 개개의 젓가락들이
한통속으로 수저통에 분리수거되는
식구는 식구가 창피해
엄마 아빠는 지옥 갈 거야 소리치지 말고
새끼만 낳지 않으면 피만 늘이지 않으면
다 같이 서로가 서로의 끝장을 바라보며
나의 끝장이 이렇게 생겼구나 웃어주고 웃는 열락의
순간도 있을 테니
사랑이 배고파 배 터지게 주워먹고
죄로써 사랑받은 외톨이로
바닥에 씨 뿌려진 채
더는 다죽시키자구요 산뜻하게
뭐라고 이름 짓지 말고
커서 뭐가 될 거냐고 울부짖지도 말고
아비어미가 누구냐고 캐묻지도 말고
어린애들로 북적이는 어린 집집마다 문 닫자구요
사람처럼은
더는 살지 말자구요

일생

하려던 복수도 떠나버리고
그토록 다르던 너희들과 함께 같은 침대에 누워
기다리던 사람이 오지 않는 것도 상관없는 또 알뜰히 지
워지는 하룻잠을
당신에게 청하여본다
심각한 얼굴은 마라 말도 말아라 꿈에서 걸려온 전화를
받는 심야에
돌아가지 않겠다고 말한 사람이 누구였는지
그래놓고도 울리는 벨소리가 핏줄처럼 질긴 건
못할 복수로나마 나를 청하는 걸 안다
나를 기다리다 너희들이 되고 너희들은 있지도 않은 나
를 요청하여
누구로서도 풀지 못할 사나운 꿈자리가 되는 걸 안다
그래 알기를 원했던 건 오직 내가 올 것인가 와서 너희들
과 더불어
지금 없는 나를 낳아주는 거였다
당신이 나를 놓아주는 거였다
일생이 다 떠나버리고
문설주에 기대앉은 먼지에게 나를 입혀주는 것이었다
내가 와서, 하지 못한 일생 동안의 복수를
당신의 이름으로 사하여주는 것이었다
와야 하는 것이다 그렇다 그렇다고 해야 하는 것이었다
일생

나는 너를 잊었다

나는 나를 잊었다, 고 나는 너에게 말한다 나는 나를 너
에게서 잊었다고 말하고 싶어한다 어둠의 시계는 나의 눈
금을 지나며 조금씩 나를 잊어가고 너는 너를 점점 나에게
서 자란다 나를 뚫고 나와 네 팔이 내 팔에 덧나온다 네 입
술이 내 입술 위에 포개진다 네 귀가 내 귀에 싹이 된다 나
보다 보들보들하고 여릿여릿하다 갓 따온 나물 같다 나는
너를 숨죽이며 죽은 체한다 네가 어서 나를 통과해버리길
너는 처음부터 내가 밴 나인지 모른다 할 수만 있다면 너에
게 나를 주고 나는 벗겨진 피복으로 툭 떨어져도 좋겠다 나
는 나를 잊었다 어느 밥상 위에 구절이 맑은 숭늉빛 노래를
부를 때 너에게서 나는 나를 잊었다 침대 속에서 나는 웃고
웃고 있는데도 너에게 나는 나를 기억하지 못한다 나는 나
에게 없으므로 숨가쁘게 나는 너를 기다리는 나에게 하얗
게 들 소풍을 나선다 흰 레이스치마 맨발에 앵두처럼 붉어
진 입술이 터지도록 봄이 오는데 단비는 꿀물처럼 적시는데
나를 두 팔에 감싸안고 어디로 부는 바람인지 흩날리는 머
리카락이 쓰라리도록 나는 나를 잊었다, 고 너에게 나는 나
에게서 말한다

재에서 재로

꿈에 당신이 찾아온 어제는
둘이 서먹하니 마루에 앉아 있었습니다

빈 쟁반의 보름달이
덩그러니 놓여 있었습니다

당신이 내 옆에 가까이 있어본 지도
하도 오래되었는데, 내가 부른 것도 아닌데

나는 용서받았다는 것을 알았습니다

하늘엔 미워 불러볼 이름 하나 없이 맑고
잡초 자란 마당가에
우리 둘이 소복하니 무덤처럼 앉아
말없이 백 년 동안 한 얘길 하고 또 하며

당신이 용서받았다는 것을 알았습니다

이지러지는 달의 얼굴이
소금처럼 소슬하고 짠 빛으로 와서
우리의 식은 재를 만져보는 것이었습니다

이렇듯 가벼이 고운 가루인 줄 몰랐을 때도 있었습니다

조용히 산이 마루로 다가와 당신을 보자기에 싸듯 덮어 달
쪽으로 데려가도록

　나는 꿈에도 오지 않을 것을 알았습니다
　용서가 그런 줄 알게 되었습니다

가장 멀리 가는 귀향

　나는 나로부터 떠나온 것이다

　나는 나로부터 떠나와, 이방인들과 사는 이층침대 위에 기대앉아 두고 온 나를 생각한다 창밖은 코코넛 잎들이 정글로부터 따라와서 녹슨 정원에 서 있다 창밖으로는 애 엄은 식모들이 빨래를 하다가 오리처럼 꽥꽥 소리내는 것이 싸움 같기도 하고 재미나게 노는 것 같기도 하다 나는 태양 가까운 적도가 빨랫줄로 걸린 창밖을 본다 그 빨랫줄 위에 널어놓은 채 물이 뚝뚝 떨어지는 나의 팔과 다리를 또한 바라본다 잠깐 숨을 삼켰다 쉬는 사이를 못 참고 이층침대는 뼈아픈 소리를 내며 조각배처럼 삐걱삐걱 떠나온 곳으로 흘러간다 나는 나로부터 떠나온 것인데, 어째서 이렇게 잠에서 깬 아침에는 내가 흘러가는 곳이 내가 있는 그곳일까 매달린 코코넛들이 원숭이로부터 떨어져 머리를 깰 때 이층침대에서 철줄로 목을 베고 누운 피 같은 기억을 아래층 침대의 여자애는 가끔 내 입을 열고 몰래 꺼내간다 나는 나로부터 떠나온 게다 거기 잘 아는 나에 대해 하나도 모르겠어지는 너에 대해 나는 떠나온 거다 침대 위에 곰 인형의 눈으로 창밖을 보는 지금이 나에게 가장 멀리 가는 귀향이다 나는 모든 것을 기억하지만 그것은 나에게 존재하지 않고 거기에 있다 나는 뜨거운 크리스마스를 이곳 해변에서 맞이하기 위해 신으로부터 삐걱대는 배 한 척을 받아서 나로부터 가는 중이다 나는 기다려줄 것이다 그때 다시 나의 나이는 시작될 것이다

해설

꽃밭 속에서 하하하

박상수(시인 · 문학평론가)

1.

지금도 선명하게 기억나요. 2006년 신춘문예 당선작으로
「나무 맛있게 먹는 풀코스법」을 읽었을 때 저는 입을 가릴
새도 없이 혼자서 웃음을 터뜨렸어요. 사랑하는 당신은 떠
났고 혼자 남은 사람은 슬픔을 어쩌지 못하죠. 그 사람은 여
름내 우는 매미의 눈을 하고서 숲으로 가 나뭇잎을 먹어요.
네, 맞아요. 그 나뭇잎이요. 슬픈 사람에게 나뭇잎은 전어튀
김처럼 바삭하게 부서지는구나. 상상력이 너무 재미있어서
웃었어요. 조그마한 입을 한 이 사람은 나무 한 그루 깨끗하
게 먹어치우고서 비로소 슬픔에서 놓여났을까요. 입 주변을
토닥토닥 닦을 때 왜 그랬어, 누가 물어보면 "전 단지 살아
있는 세계로 들어가고팠을 뿐이었어요"라고 담담히 말하겠
지. 이 한 문장으로 저는 시에 충분히 설득되었어요. 혼자
남아 고독에 처해진 사람이 죽어가는 그 마음을 어쩌지 못
해 생명력 가득한 비린 나뭇잎을 먹는 장면. 잔잔한 물결 모
양으로 저는 슬펐지만 슬픔을 연료로 길을 내는 활기찬 상
상력이 또한 사랑스러워서 웃었고, 슬픈데 싱싱해! 라는 마
음으로 이 시를 쓴 사람의 이름을 오래 기억하게 되었어요.
　이후로 저는 이윤설 시인이 발표하는 작품을 놓치지 않으
려 애썼죠. 그때는 저도 이제 막 평론 활동을 시작한 이후
여서 제가 좋아하는 시인들의 목록을 만들고 그분들이 발표
하는 작품들을 찾아 읽으며 언제 시집이 나올까, 그건 어떤
모양일까 상상해보는 날들이 많았답니다. 그 맨 앞자리에는

언제나 이윤설 시인이 있었어요. 하지만 어느 순간부터 이윤설 시인의 작품을 보기가 쉽지 않았어요. 아쉬운 마음을 달래다 용기를 내어 2009년, 시인에게 메일을 보낸 적도 있답니다. "안녕하세요. 저는 시쓰는 박상수라고 합니다. 이윤설 시인님의 작품을 좋아한다고 미리 말씀드려야 할 것 같아요!"로 시작하는 그런 메일. 시를 쓰는 누구입니다, 라는 말을 겨우 입 밖으로 낼 수 있게 된 이후여서 연이어 평론하는 누구입니다, 라는 말은 더더욱 같이 쓰기가 쉽지 않은 그런 시절이었죠. 지역의 한 문예지에서 편집위원 일을 하고 있던 터라 새로운 시인들을 조명하는 코너에 이윤설 시인을 모시고 싶다는 메일을 보냈던 것이에요.

2.

혹여 거절하시는 건 아닐까. 두근두근. 메일을 보낸 지 하루 만에 '캔디 버스!'라는 제목의 답신이 도착했지요. "캔디 버스, 님 맞지요? 메일을 읽다가, 먹던 빵을 놓고, 아 캔디 버스! 그랬답니다. 너무 기쁘고 영광이어요. 이 지구의 먼 저쪽에서 이토록 달콤한 소식을 실은 버스가 오다니!" 나중에 알게 된 것이지만 아마도 이 시기 이윤설 시인은 외국에서 글을 쓰고 있었던 것 같아요. "캔디 버스님께서 제 시를 눈여겨보아주셨다는 것이 신나고 기쁘고…… 음, 그래 내 시도 쓸 만한가보다, 하면서 혼자 좋아라 하고 있습니다. 유월쯤 한국에 돌아가면, 어느 따뜻한 자리에서 만나뵐 수 있

겠지요."이렇게 반가운 메일이 또 있었을까요. "음, 그래 내
시도 쓸 만한가보다, 하면서 혼자 좋아라 하고 있습니다"라
는 시인의 목소리에 저는 속으로 화들짝 놀라며 '이게 무슨
말씀이야!' '좋아하는 사람 많아요!'라고 혼자서 분개하기도
했답니다. 상대의 머뭇거림을 알아채고 자기를 낮추어 토닥
여주는 이윤설 시인의 밝은 에너지는 왜 제가 시인의 작품
을 좋아하는지를 다시 한번 깨닫게 하는 힘이기도 했지요.

이후 지면으로 시인의 작품을 소개하며「외롭고 명랑한,
공 굴리기 서커스」라는 제목 아래 군더더기 같은 말을 덧붙
여보기도 했어요. "비가 내린 다음날 남산 케이블카에서 내
려다보는 서울 동네가 너무너무 깨끗하고 눈부셔서 어쩔 줄
모르게 행복하고 슬퍼야 해. 그런 마음을 알아야 해. (……)
가끔 등장하는 통명스러운 투정의 사랑스러움, 그래도 좀
안아달라는 애원은 자존심 상해서 안 하고. (……) 그러나
슬픔에 가득찬 하마를 기르는 이상한 소녀. 친구도 없고 친
구를 만들 생각도 없는 소녀가 만들어낸 외롭고 명랑한, 공
굴리기 서커스."[1] 다시 읽어보니 이상한 말을 많이 썼네요.
옮겨 적는 지금, 그래서 중간중간 많이 생략하고 몇 글자는
또 고쳐보았어요. 왜 그런지 모르겠지만 저는 이윤설의 시
를 읽을 때마다 비 온 뒤 도심의 깨끗함이 좋고, 그런데 왜

---

1) 박상수, 「외롭고 명랑한, 공 굴리기 서커스—이윤설의 시」, 『귀
족 예절론』, 문예중앙, 2012, 445~446쪽.

지 슬픈 마음이 밀려와서 이상했던 그런 기분에 사로잡힐 때가 많았어요. 앞에다 커다란 하마를 앉혀놓고, 그 하마를 웃기려고 외롭지만 명랑하게 공 굴리기 서커스를 하고 있는 소녀가 떠오르기도 했구요. 이윤설 시인은 제 글을 읽은 뒤, "시의 뛰는 심장소리에 귀를 대고 노래할 줄 아는 그 초능력! 변치 마시길 바라며"라는 메일을 보내주었죠. 초능력이라니, 제가 그럴 리가요. 비록 상대의 말에 자신이 미치지 못하는 것처럼 여겨진다 해도 응원과 기대를 한몸에 받는 사람은 점차 그러한 사람이 되어간다고 그때의 저는 믿고 싶었을까요. 당신의 말에 저는 못 미치는 사람이에요. 하지만 그런 사람이 되어가도록 애쓰면서 살게요…… 그때 이윤설 시인과 제가 나눈 대화는 바로 그러한 것이 아니었을까요? 우리가 나눈 몇 번의 서신은 서로를 귀한 존재로 여기는 마음에서 나온 수줍은 인사였다고 저는 믿고 있어요.

3.

이후 먼 풍문으로 이윤설 시인이 연극계에서 극작가로 활발하게 활동하고 있다는 것을 전해들었어요. 그것이 기쁘면서도, 이제는 시의 길로 돌아오는 일이 어려워지는 것일까, 하는 막연한 안타까움도 있었죠. 그런 때에도 저는 자주 이런 시를 읽었죠.

지구 반대편으로 떠나기로 했다 오버

널 떠나기로 했다 오버
엔진이 툴툴거리는 비행기라도
불시착하는 곳이 너만 아니면 된다 오버

(……)

왜 그렇게 쥐었다 폈다 꼬깃꼬깃해지도록 사랑했을까
오버
사랑해서 주름이 돼버린 얼굴을 버리지 못했을까 오버
엔꼬다 오버

(……)

태어나 참 피곤했다
벌어진 입을 다물려다오 오버
내 손에 쥔 이 편지를 부치지 마라 오버
희망이 없어서 개운한 얼굴일 거다 오버
코도 안 골 거다 오버
눅눅해지는 늑골도 안녕이다 오버
미안해 말아라 오버
오버다 오버

—「오버」부분

제가 좋아하는 이윤설의 시편 중 하나예요. 경비행기를 타고 양떼구름이 펼쳐진 남반구의 투명한 하늘을 날며 무전기에 입을 대고 목소리를 타전하는 시인의 얼굴. 바람은 머리칼을 사방으로 흩날리게 하고, 고글 사이로 눈물 흘린 자국이 뺨에 그대로 비쳐 있기도 하겠지. 정말 왜 그렇게 꼬깃꼬깃해지도록 사랑했으면서도 떠나야 했을까요. 자기를 전부던져서 사랑해본 사람만이 "엔꼬다 오버"라는 말을 쓸 수 있겠죠. 다 던졌는데도 더이상 답이 보이지 않을 때 우리는 반대편으로 훌쩍 떠나고 싶기도 할 거예요. 저는 그런 마음이너무 깊이 이해가 되었어요. 시인에게는 혹시 '시'도 그러했을까요. 꼬깃해지도록 사랑했지만 떠나야 했던 어떤 대상. 시만을 쓰며 사는 삶. 쉽지 않았겠죠. 힘들었을 거예요. 그렇다면 자유롭게, 자유롭게 날아가요. 눈물자국은 남았지만개운한 얼굴로! 혼자서 그런 상상을 했어요. 내용은 아프지만 "죽이 끓고" "엔꼬"에다가, "안녕이다 오버"와 같은 자유분방한 구어체 말투도 좋았고 언어가 바람을 타고 탄력 있게 유영할 것 같은 이미지도 좋았어요. 슬픔에 독특한 활력을 주입하는 그 상상력은 말해서 무엇할까요. 시를 필사해놓은 노트를 덮으며 이런 혼잣말을 덧붙이고는 했지요. 다녀와요. 갔다가 꼭 돌아와야 해요.

이윤설 시인의 소식을 전해들은 것은 다시 십 년의 시간이더 지난 2020년 8월 말에서 9월 초 사이의 시간이었어요. 문학동네시인선을 담당하는 김민정 시인의 전언. 이윤설 시인과 연락이 닿았다는 말. 기쁨도 잠시, 이어지는 내용에 발밑은 빙글빙글 돌았어요. 2019년, 갑작스럽게 시인에게 흑색종이라는 암이 찾아왔고 불과 일 년 사이에 급속도로 악화되고 있어서 삶이 채 두 달 정도도 남지 않았다는 조심스러운 목소리였으니까요. 1969년생이니까 2020년 당시에는 이제 쉰두 살의 나이. 어떻게 이런 일이 있어요, 어떻게 이럴 수가 있어요, 라고 따져 물을 여유도 없었어요. 2009년 문학동네시인선이 처음 론칭을 할 때 첫 시집을 내자고 제안했던 젊은 시인 중에 이윤설 시인이 있었고, 그때 이윤설 시인은 '아직 멀었다, 더 써야 한다'고 대답했다고 해요. 그렇게 인연이 희미해졌는데 긴 시간을 돌고 돌아 다시 문학동네와 연결이 되어 시집 출간을 준비하게 되었다는 이야기였지요. 꼭 만나고 싶었지만 이런 방식이 될 것이라고는 단 한 번도 생각해본 적이 없었어요. 어떻게 그래요. 재회까지의 길었던 시간이야 반가움으로 단숨에 잊을 수 있다 쳐도, 시인에게 남겨진 시간이 너무 모자랐던 것에 대해서는 어떤 통탄의 말을 덧붙일 수 있을까요. 아직 부도 나눠져 있지 않고 채정리도 덜 된 원고를 받아서 일단 읽어나가기 시작했지만 좀처럼 마음이 진정되지 않았어요.

4.
2020년 10월 10일 토요일, 이윤설 시인은 그렇게 세상을 떠났습니다.

5.

　나중에야 알게 된 것이지만 이윤설 시인은 병이 악화되기 전에 영화 시나리오를 탈고했고 또 한 방송사와는 드라마 작가로 계약을 체결하였다고도 해요. 영화 제작이 시작되었고, 드라마의 경우는 방영 날짜까지 잡혀 있었죠.[2] 뿐만이 아닙니다. 대학원 지도교수였던 이승하 시인의 회고에 따르면, 이윤설 시인은 병이 발발하기 몇 년 전 결혼을 했고, 서울의 상암동 근처에 신혼집을 마련하여 아마도 가장 행복했던 시간을 보냈던 것 같아요. 그사이에 극작가에서 시나리오 작가로, 다시 드라마 작가로 자신의 활동 영역을 넓혀가면서 드디어 오랜 결실을 세상의 많은 사람에게 선보이기만을 기다리고 있었던 셈이지요. 시, 희곡, 시나리오, 드라마까지 정말로 재능이 많은 사람이 당신이었어요. 바로 그때 감당할 수 없는 불행이 닥친 것이고요.

　병이 발발하고, 하루가 다르게 악화되어가는 상황 속에서 시인의 마지막 꿈은 '시인으로서 삶을 마무리하고 싶다'는 것이었다고 해요. 같은 대학원에서 공부했던 문우 윤석정 시인은 이윤설 시인을 이렇게 회고하기도 합니다. "정신이 혼미한 상태에서 제게 '석정아, 시집 나왔어?'라고 물어봤어

---

2) 이승하, 「제자 이윤설의 죽음을 애도하면서」, 2020. 10. 20. https://blog.daum.net/poetlsh/6943079

요. 그만큼 간절히 시집을 기다렸죠."[3] 이윤설 시인은 "세상에 빛도 못 본 제 시들은 어떻게 되는 걸까요""여러 편력 끝에, 죽을 때는 시인으로 죽겠다고 스스로에게 했던 다짐대로 될 수 있을까요"와 같은 메시지를 이승하 시인에게 보냈다고도 해요. 저는 시인을 떠나보낸 뒤, 오랫동안 책상 앞에 앉지 못했어요. 우리가 다시 만날 날을 얼마나 손꼽아 기다렸던가요. 지구 반대편으로 갔다가 꼭 다시 돌아오기를 저는 얼마나 간절히 바랐던가요. 그러니 다시 만난 때로부터 당신이 조금만 더 우리 곁에 머물러주었다면. 제가 조금만 더 호흡을 가다듬고 마음을 단정하게 만들어 글을 완성했다면…… 무자비한 시간 앞에서, 가차없는 삶 앞에서, 우리 존재는 이렇게나 연약할 뿐이라는 걸 언제쯤 순순히 인정할 수 있게 될까요. 저는 끝내 받아들일 수 없을 것 같아요. 혼자 이렇게 말해볼 뿐이었습니다.

6.

김민정 시인은 이윤설 시인의 묻혔던 작품을 발굴하고 스무 편 가까이 추가된 원고를 재정리하여 저에게 주었어요. 잡지에 발표되었지만 처음 원고에 들어 있지 않았던 작품이

3) 이재훈·윤석정·이성혁·서윤후 좌담, 「언어를 두고 간 시인의 몫까지 읽기」, 『시사사』, 2021년 여름호. https://ipoet.tistory.com/617

많았습니다. 그녀의 애정과 수고로 다시 정리된 시편들을 읽으며 저는 이런 생각을 했어요. "아픈 날들을 이렇게 꺼내어 유쾌한 놀이라도 했으면/ 좋겠다"(「상속」)는 말처럼 이윤설의 시는 '아픈 날들'을 꺼내어 펼치는 말 그대로의 '유쾌한 놀이'라고 해도 과언이 아니라고. 앞서 읽은 「나무 맛있게 먹는 풀코스법」이나 「오버」도 그러하지만 「이 밤이 새도록 박쥐」, 「남몰래 수영장」, 「작게 작게, 하마」와 같은 시편들을 읽다보면 특히나 고개를 끄덕일 수밖에 없죠. 처음 이 시들을 읽자면 기발한 상상력에 감탄할 수밖에 없는데, 실은 그 밑바닥에 누구도 이해하지 못할 깊은 슬픔이 깔려 있죠. 「이 밤이 새도록 박쥐」를 볼까요. 사랑했던 '네'가 '나'를 '쓰레기'라고 불렀어요. 거기가 출발점이에요. '나'는 그만 상처받아 뒷걸음치다가 자동차에 치이고 말아요. 뒤로 물러날 곳 없는 아픔이 이런 장면을 만들었겠죠. 화자는 이제 박쥐로 환생하여 '네'가 새로운 애인을 기다리는 다방 천장에 매달려 눈을 마주치는 사이가 되었답니다. 전 애인은 화자와 눈이 마주쳐서는 '박쥐'라고 놀라 목조계단을 쿵쾅쿵쾅 내려가다가 쓰러져버리죠. 박쥐가 되어 너를 놀래키겠다, 라니. 겨우 놀래키는 정도라니. 발랄하고 유쾌하지만 마음 아프죠. 쓰레기라는 말에 비하자면 겨우 이 정도의 귀엽고 소심한 복수가 세상 가당키나 한가요. 하지만 상처 이후에도 사랑을 버리지 못한 어떤 사람들은 이러하겠죠. 연민과 사랑이 큰 사람일수록 쉽게 가혹해지지 못하죠. 이제 '나'는 눈빛이 칼날처럼 변한 채로 이 세계를 자유롭게 유영합니다.

　　이제는 달을 지우고 사라지는 지붕과 지붕 사이
　　눈빛이 칼날같이 그려진 나야
　　얼굴을 파묻고 검정 망토에 손깍지 끼면
　　발밑이 떠오르고 두 팔 벌리어 바람의 양감을 느낄 수
있고
　　조타수처럼 방향을 조종할 수도 있지
　　날아가는 나를 알아보는 이는 없겠지만
　　내 검은 그림자는 숲에서 죽은 새의 몸처럼 눈에 띄지
않는
　　숨은 비밀이겠지만 갈대숲의 흔들리는 고뇌 속에
　　내 눈물이 떨어진 걸 아무도 모를 테지만
　　여전히 사랑을 원하는 삐진 표정이겠지만
　　울먹이는 밤엔 창 열어 눈을 마주쳐보아도 좋아
　　밤의 책장이 저 혼자 덮이거나 부엌 등이 파닥 튀거나
　　알지 못할 천공의 울림이 가까이 다가오면
　　나 잘살고 있어 네가 쓰레기라고 말했던 그래 나야
　　　　　　　　　　　—「이 밤이 새도록 박쥐」 부분

　이 시를 읽으면, 상처받은 존재와 그가 놓인 무거운 풍경
에 헬륨가스를 주입하여 하늘에 띄우고, 바람을 타고 유영
하는 이미지 속에 풀어놓아주는 것이 누가 뭐래도 이윤설

의 개성임을 부인할 수 없게 됩니다. 한국시에서 이 정도의 활력과 쾌활함을 뽐냈던 시인으로 누가 있었을까요. 황인숙 시인의 어떤 목소리들이 떠오릅니다. 이 계보의 시인들은 희귀하고 그래서 더욱 소중한 개성이라고 저는 생각해요. 우린 "여전히 사랑을 원하는 삐진 표정"이라는 말에 살짝 웃을 수밖에 없지요. 웃기면서도 슬픈 이 마음. 맞아요. 이윤설의 시집을 읽다보면 웃다가 자꾸 아파지게 되어요. 밤의 책장이 혼자 덮이고, 부엌 등이 파닥 튀고, 어디선가 이상한 울림이 들려온다면 박쥐로 변한 '내'가 잘살고 있는 줄 알라고 말하는 저 목소리의 명랑함과 뒤에 남는 쓸쓸함. 쓰레기에서 박쥐까지, 사랑의 실패와 그 이후의 모습까지를 이렇게 유쾌한 '박쥐 되기 놀이'로 보여줄 수 있다는 것, 이것이 이윤설의 매력이라고 저는 믿어요. 사람들이여. 감당 못할 슬픔을 가졌다면 이리로 오세요. 전어튀김 같은 싱싱한 나뭇잎을 같이 씹어요. 박쥐로 환생해서 전 애인을 놀래키고, 눅눅한 늑골 따위는 금방 아녀 하고 지구 반대편으로 날아갈 수 있게 도와줄 테니까요. 과감한 발상을 탄력 있게 밀고 나가고, 매끄러운 리듬으로 그걸 받아안으면서, 묘사의 디테일로 상상력의 전개를 충분히 납득시키는 이윤설의 매력적인 방식. 타인을 침범하기는커녕 자신의 슬픔이 누구에게도 비수가 되지 않도록 혼자 감당해내려는 의지까지. 「남몰래 수영장」은 또 어떤가요. 마음에 "이따만한 푸른 수영장"을 가진 어떤 사람들은 이 시를 결코 그냥 지나칠 수는 없겠지요.

　아마 너의 가슴속에도 이따만한 푸른 수영장이 있을 거다
　천장 벽 타일을 짜랑짜랑 울리는 아이들과
　버들치나 송사리들을 닮은 조그만 물고기를 가지고 있
을 거다

　(……)

　네 눈물이 그래서 한 번도 흘러내리는 것을 사람들은 본
적이 없었을 거다
　푸른 수영장 속으로 속으로 흘러들어가 고인 수심을 오
직 너만이 알았을 거다
　조그만 물고기들이 헤엄을 다 배워서
　어느 날 너는 사각 얼음갑처럼 몸을 꾸깃, 비틀어서는
　물고기들을 바다에 놓아주었다 솨아아 솨아아
　파도의 선을 물고기들은 잘도 잘도 넘어갔을 거다
　너는 태어나 처음으로 울음을 밖으로 울어보았을 것이다
　왜 이런 인내가 필요한 게 인생이라고 말해야 하는지 너
는 몰랐을 거다
　　　　　　　　　　　　　　　—「남몰래 수영장」 부분

슬픔의 작은 웅덩이가 "이따만한 푸른 수영장"이 될 때까

지 오로지 홀로 슬픔을 참아온 사람에게 이 작품만큼 위로
가 되어주는 시가 있을까요. 다른 사람들은 모르겠죠. 우리
마음 속에 얼마나 큰 푸른 수영장이 있는지를. 거기에는 버
들치나 송사리 같은 작은 물고기들이 살아요. 아마도 이 아
이들은 시인의 자기반영적인 이미지겠죠. 먹이피라미드에
서 가장 아래쪽에 있을 것 같은 버들치, 혹은 송사리. 실은
눈물의 물고기들. 우리는 이 막막한 세상에서 겨우 이 정도
의 연약한 존재로 살아온 것이에요. 이런 아이들이, 그리고
우리가, 슬픔에 잡아먹히지 않고 제대로 살아남으려면 어
떤 인내의 시간이 필요한 것일까요. 그들이 수영이라도 배
울 정도가 되려면 우리는 얼마나 오래 이 깊은 슬픔을 참아
야 할까요. 마침내 조그만 물고기들이 헤엄을 다 배우고 우
리는 이제야 몸을 비틀어 눈물을 쏟아냅니다. "너는 태어나
처음으로 울음을 밖으로 울어보았을 것이다"라는 말도 아프
고, "왜 이런 인내가 필요한 게 인생이라고 말해야 하는지
너는 몰랐을 거다"라는 말도 심장에 걸려 내려가지 않아요,
   겉으로 보면 멀쩡해 보이는 우리. 슬픔을 참고 참으며 홀
로 견뎌내는 우리. 왜 이런 인내가 필요하냐는 말에 시인은
대답해줍니다. 그건 우리 안의 버들치와 송사리가 헤엄을
배울 시간이 필요해서 그런 거야. 네가 비로소 둑이 터지듯
울면 수영장의 물도 넘치고 그 작은 아이들이 물살을 타고
바다까지 헤엄쳐나가겠지. 네가 인내하지 않았다면 그 아이
들은 휩쓸려 죽고 말았을 거야. 하지만 그렇게는 안 되지.

바다로 가게 해야지. 그 시간을 위해 우리는 남몰래 참아온
게 아닐까…… 버들치와 송사리는 우리를 대신하여 더 멀
리 가고, 먼 나라의 누군가는 잡혀온 물고기가 눈물의 물고
기인지도 모르고 버들치와 송사리를 먹었다가 "쏴아아 쏴
아아 슬픔이 목까지 차"오르는 걸 알겠죠. 이제 이 아이들은
그의 가슴속을 누비며 살아가게 될 거예요. 이 세상 어딘가
에는 우리의 슬픔을 알아주는 누군가가 꼭 있답니다, 라고
말해주는 목소리. 그래서 이 시를 읽고 나면 조금만 더 버티
어봐도 되겠다는 용기가 생기는 거겠죠. 물론 마음껏 울 수
있는 날도 올 거예요. 당신을 안고 등을 토닥여주고 싶습니
다. 도란도란 이야기를 나누고 싶어요. 그 푸른 수영장이 더
이상 남몰래 수영장이 아니도록.

7.
  시적 공간을 이처럼 다채롭고 크게 크게 활용하는 모습이
신기하고, 이럴 때에 이윤설의 상상력은 활짝 피어나고 빛
나게 되지요. 상상력의 과감함과 전개의 속도감도 빼놓을 수
없는 매력이고요. 입담 또한 일품이어서 생명력 가득한 단
어들이 이윤설의 시 안에서는 제자리를 찾아 어울렁더울렁
조화를 이룹니다. 이윤설은 마치 자신을 억압하고 구속하는
일체의 존재와 사건, 기억과 상처로부터 자유로워지겠다는
듯이 숲으로 가고(「나무 맛있게 먹는 풀코스법」), 바다로 가
고(「남몰래 수영장」), 하늘로 날아오르고(「오버」), 불타오

르듯 불가리아! 라고 외치고(「불가리아 여인」), 호두과자를 먹으며 우주의 끝까지 달리기도 해요(「호두 아닌 어떤 곳」). 이 거침없는 상상력 덕분에 시가 담아내는 아픈 내용과는 달리 이윤설의 작품에는 항상 생생한 활력이 부여됩니다.

물론 당연히 모든 시가 이런 방향으로 모여 있는 것은 아니라서 어떤 때 이윤설 시인은 예의 활력과 상상력의 숨을 죽인 채로 아무에게도 털어놓지 못한 속엣말을 풀어놓기도 하지요. 끔찍한 기억을 떠올리며 새로운 가족으로 다시 태어나고 싶은 마음을 고백하거나(「내 생일 쫑파티」), 너무 외로워서 몸을 접어 자기 발가락을 물고 눈물을 흘린다든지(「외톨이들은 다 그래」), 자신의 자리가 없어서 떠돌이처럼 살아야 했던 삶에 대한 회한을 드러내고(「이 햇빛」), 지독한 불면 속에서 내내 쫓기다가 우리는 곧 죽어요, 라고 말할 수밖에 없는 고통에 관해서도 고백하며(「우리는 죽어요 곧」), 왜 태어났는지를 모르겠고 다음 언덕을 넘어가도 새 삶이 기다리고 있는지 믿을 수 없는 막막함의 한 시절도 들려주고(「당나귀 까닭」), 연극이 막을 내리고 분장실에서 홀로 외로워하는 모습을 그리기도 하며(「배우의 역설」), 이런 가혹한 세상에서 그저 자신을 이끄는 것을 좇아 이렇게 걸어왔는데 끝내 아무것도 이루어지지 않을 것 같이 느껴지는 어떤 날의 울음도 보여줍니다(「우리는 안다고 할 수는 없다」).

낯설지요. 활력으로 치고 올라가는 것이 아니라 바닥까지

어두워져 깊게 침잠하는 작품들이어서 놀라게 되거든요. 이런 작품들 속에서 이윤설은 오래도록 막막하고 외로워합니다. 이 시집에는 실은 이러한 목소리들이 더 많고 곳곳에 들어 있어요. 왜 안 그렇겠어요. 시인으로 등단한 후 십오 년 동안의 삶의 이력들이 이 시집에 전부 모여 있으니까 그럴 수밖에요. 그랬으니까 "이따만한 푸른 수영장"(「남몰래 수영장」)이나 "그동안 너무 거대한 슬픔의 몸을 받았으니"(「작게 작게, 하마」)라든지 "태어나 참 피곤했다"(「오버」)와 같은 문장들이 단순한 비유가 아님을 또한 알게 되지요. 그랬으니까 시인의 말을 대신하는 글에서 "온 것이 안 온 것보다 낫다./ 허나 다시 오고 싶지는 않다"는 구절을 읽으며 이 세상에 다시 오고 싶지 않은 마음이 어떤 마음인지 감히 짐작해보기도 하는 것이겠지요. 우리는 과연 누군가를 안다고 말할 수 있을까요. 보고 싶은 쪽으로만 시인의 작품을 읽어왔던 것은 아닐까, 저는 깊이 되돌아보게 되었어요. 얼마만큼 알아야 누군가에 대해서 안다고 말할 수 있는 것일까요. 시인이 겪어야 했던 슬픔, 그 깊은 그늘에 대해서 오래 생각하게 됩니다.

소금짐을 강에 빠뜨리고, 허리가 휘도록 주정뱅이 주인의 채찍을 온몸으로 받으며 울며 울며 언덕을 넘어가는 당나귀를 보며 "뚱그런 눈동자에 핑글 눈물의 테두리가 고이며/ 당나귀야 당나귀야 나는 네가 퍽이나 좋아 목을 껴안아/ 뺨을 부비던 나"(「당나귀 까닭」)를 떠올리는 일은 충분히 이해할 만한 일이 됩니다. 그 당나귀가 자신과 닮았으니 이처럼 목을 껴안고 뺨을 부볐던 거겠지요. 당나귀처럼 착하고 작은 사람. 평상시에도 '작은 사람'으로 살아온 사람은 우리 주변의 '작은 사람'을 선명하게 알아볼 수밖에 없지요. 누구에게 해코지는커녕 채찍질을 그저 묵묵히 견디며 언덕을 올랐던 사람. 삶의 어느 때에 당신이 건넜던 외로운 길의 자취를 이제 우리가 읽으며 기억합니다. 그러나 당신의 삶이 언제나 고되었다기보다는 우리가 가장 고된 삶을 이어나갈 때 시를 찾게 된다는 바로 그러한 점 때문에 이런 목소리들이 여기 가장 솔직하게 담겨 있는 것이라고 믿으면서 말이에요.

8.

생의 막바지에 쓰인 작품들을 읽다보면 이윤설 시인이 침대 속에서도 힘겹지만 끈질기게 시를 이어나갔다는 것을 알게 됩니다. "이층침대를 타고 우리는 삐걱삐걱 뼈 맞추려 뼈 아픈 소리를 하네 (……) 무너지지 않으려 뼈 없는 눈물을 낳고 낳고 또 물컹 하수구로 버려지는 날들이었네"(「이층침대의 날들」), "침대는 네 다리로 서 있거나 버티고 있거나/ 내 생각을 하지 않은 지 오래"(「눈, 이라는 세상」), "하려던 복수도 떠나버리고/ 그토록 다르던 너희들과 함께 같은 침대에 누워"(「일생」) 있는 장면들이 그러하죠. "침대 속에서 나는 웃고 웃고 있는데도 너에게 나는 나를 기억하지 못한다"(「나는 너를 잊었다」)와 같은 구절은 또 어떠한가요. 아마도 시인은 침대에서 땅으로 발을 딛고 내려갈 날을 기도하며 꿈꾸었을 테지만 창밖으로 계절은 흐르고, 속절없는 시간도 흘러서는, 마침내 "나는 절대 땅에 내려갈 수 없다"(「흔들릴 흔들림」)는 데에까지 생각이 이르렀던 것 같아요. 다시 걷는 다는 게 이루지 못할 소원임을 알아버리고는 흔들리고 또 흔들릴 뿐이지요. 생은 점점 희미해지고, 자신도 지워지고 있음을 예감하고 있는 희디흰 풍경들. 윤석정 시인의 회고에 따르면 2020년 8월 27일, 중환자실로 이윤설 시인을 찾아갔을 때, 시인은 간병인 없이는 거동조차 할 수 없는 상황이었음에도 윤석정 시인을 반겨줬다고 해요. 혀가 굳어 발음이 정확하지 않았음에도 주변 사람들의 안부를 묻고 언제나 그랬듯 유쾌한 농담을 했다고 합니다.

제가 이윤설 시인과 마지막으로 주고받은 메일은 2009년 9월에 멈춰져 있어요. 그때 이윤설 시인은 저를 초대해주었지요. "지금 공연중이어요. 작품이 영 좋지 못해서 초대를 할까 말까 오늘까지도 망설이다가 아마도 당신은 제 영혼을 이해하니까 조금 쪽팔려도 괜찮아, 하고 스스로 위로하며 공연 정보를 보내오니 시간이 되시면 보러오세요. 시간이 안 되시면 나중에 더 좋은 작품을 할 때 VIP로 모실게요"라는 메일이었죠. 저는 당시에 박사논문을 마무리하고 있는 중이어서 결국 그 초대에 응하지 못했지요. 다시 연락이 닿았으니 이번에 뵙지 못하더라도 곧 다른 기회가 오겠거니, 생각했던 거죠. 그때는 몰랐어요. 제가 당신과 끝내 한 번

만나지도 못하고 당신을 떠나보내게 될 줄은요.

세상을 떠나기 전, 제가 해설을 쓴다는 소식에 기뻐했다는 말을 전해들으며 당신은 끝까지 상냥하고 친절한 분이라는 걸 느낄 수 있었어요. 박사논문을 쓴답시고 그때 초대에 응하지 못한 것이 끝내 미안합니다. 그 미안함을 이제는 전할 수가 없어서 미안해요. 그럼에도 저를 끝까지 믿어주어서 고맙습니다. 당신은 지금 여기에 없습니다. 하지만 당신이 남긴 시집이 우리에게 남았어요. 그것으로 당신이 우리 곁에 있다고 저는 믿어보려 합니다. 이 시집을 어떻게 읽어야 할지 저는 잘 모르겠어요. 당신의 삶과 시집을 구분하여 읽는 일에 저는 실패하고 말았어요. 이것이 잘한 일일까요. 더 멀리, 더 풍부하게 음미될 수 있는 당신의 작품을 겨우 이 정도로밖에 읽지 못하여 아쉬운 마음뿐이에요. 당신의 영혼을 이해하는 일은 이다음의 더 멋진 사람들이 각자의 방식으로 또 해주리라 믿습니다. 당신은 저만의 시인이 아니라 우리 모두의 사랑받는, 사랑받을 시인이니까요.

마지막으로 어떤 시를 읽으며 우리의 이야기를 정리하여야 할까, 오래 고민하며 시들을 다시 읽었습니다. 아무래도 저는 싱그럽고 유쾌한 이윤설을 잊지 못할 것 같아요. 그래서 이 시를 골랐습니다. 사람들이여. 여기 '이윤설 시인'의 작품을 소개합니다. 하느님이 보낸 어린 돌고래 등에 올라타고서 태어나 처음 웃을 때처럼 하하하, 웃으며 꽃밭을 헤엄치는 사람. 콧잔등과 발가락이 간지러워요. 한결 씩씩해

진 버들치와 송사리가 날고, 어리둥절 당나귀와 칼날눈빛
박쥐가 날고 하마는 아직 무거워서 열심히 달리고 있어요.
이층침대도 양탄자처럼 날아가네요. 그리고 이렇게 천진하
고 사랑스러운 사람이 우리 곁에 있어요*.

　　돌고래 꼬리가 번쩍 나를 등에 태웠다 캉캉춤처럼 발
랄한 날
　　우리는 하하하 돌고래 등에 올라타고서
　　잘못한 것도 다 까먹고 맑았던 졸린 가을 하늘처럼
　　태어나 처음 웃을 때처럼
　　반달진 네 눈에 내 눈의 반달을 합쳐 달무리처럼 우리
　　하느님 등에서 하하하
　　아아 다시 귀여워지면 안 되는데
　　이렇게 웃으면 안 되는데
　　까맣게 탄 얼굴로 좋아서 입을 가리고 하하하
　　　　　　　　　　　　—「꽃밭 속에서 하하하」 부분

이윤설 1969년 경기도 이천에서 태어났다. 명지대 철학과를 졸업하고 중앙대 대학원 문예창작과에서 박사를 수료했다. 2004년 동아일보 신춘문예에 희곡이 당선되었고, 2006년 조선일보와 세계일보 신춘문예에 시가 당선되었다. 희곡집으로 『불가사의 숲』이 있다. 2020년 10월 10일 지병으로 세상을 떠났다.

문학동네시인선 163
누가 지금 내 생각을 하는가
ⓒ 이윤설 2021

1판 1쇄 2021년 10월 10일
1판 2쇄 2021년 11월 15일

지은이 | 이윤설
책임편집 | 이재현
편집 | 김민정 김영수
디자인 | 수류산방(樹流山房)
본문 디자인 | 유현아
마케팅 | 정민호 이숙재 우상욱 정경주
홍보 | 김희숙 함유지 김현지 이소정 이미희
제작 | 강신은 김동욱 임현식
제작처 | 영신사

펴낸곳 | (주)문학동네
펴낸이 | 염현숙
출판등록 | 1993년 10월 22일 제406-2003-000045호
주소 | 10881 경기도 파주시 회동길 210
전자우편 | editor@munhak.com
대표전화 | 031) 955-8888 팩스 | 031) 955-8855
문의전화 | 031) 955-3578(마케팅), 031) 955-1920(편집)
문학동네카페 | http://cafe.naver.com/mhdn
트위터 | @munhakdongne
북클럽문학동네 | http://bookclubmunhak.com

ISBN 978-89-546-8276-3 03810

www.munhak.com

문학동네